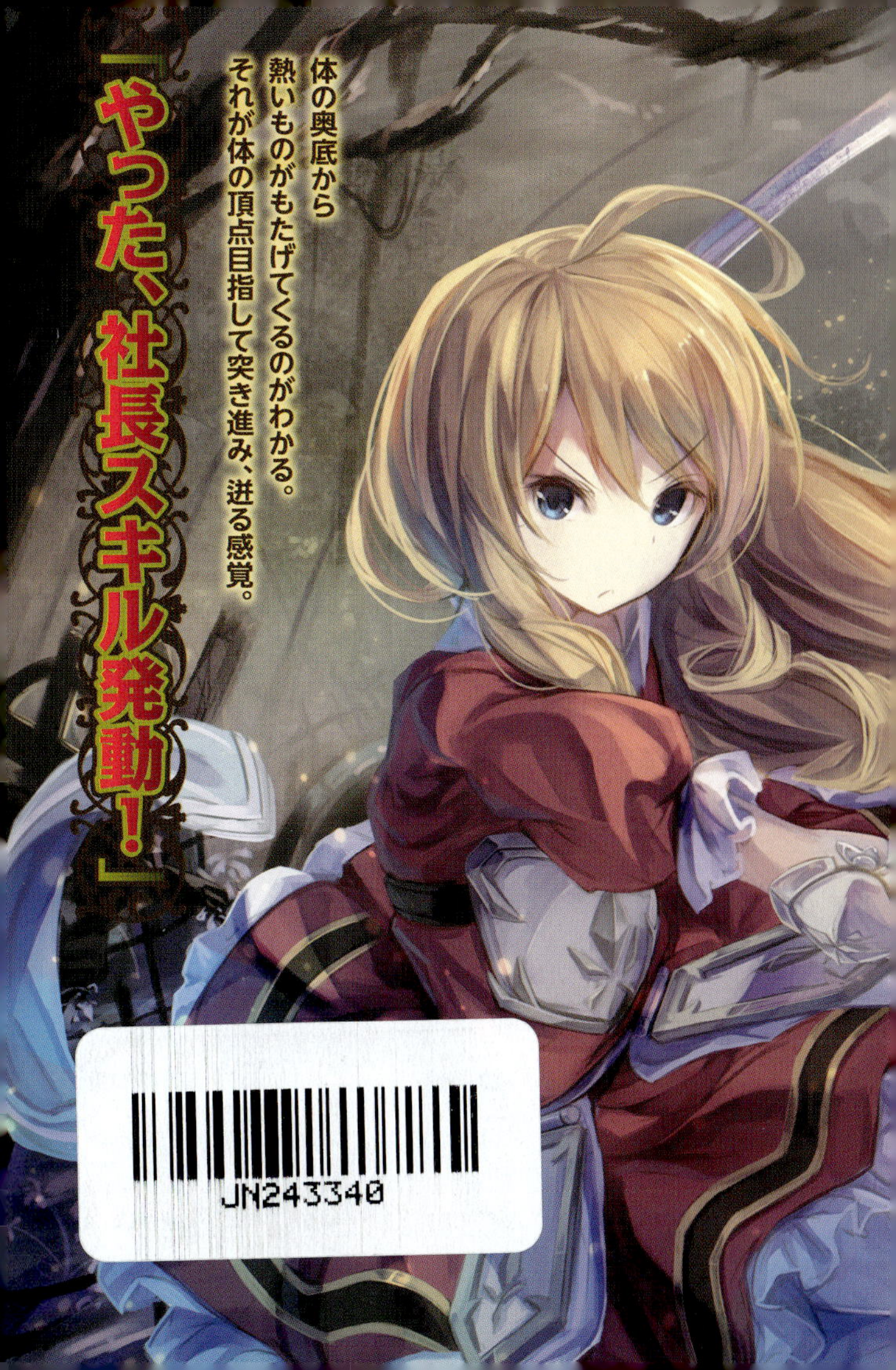
体の奥底から
熱いものがもたげてくるのがわかる。
それが体の頂点目指して突き進み、迸る感覚。
「やった、社長スキル発動！」

KAN
PANI
★GIRLS

かんぱに☆ガールズ

社長!! 出撃のお時間です!

神代 創

FB
Famitsu Bunko
ファミ通文庫

目次

イラスト／ファルまろ

無限の世界で出逢えた旅人たちへ――

プロローグ

その場に足を踏み入れたと同時に、背筋《せすじ》を冷たいものが走り抜けた。不穏《ふおん》な空気が辺りを覆《おお》っているのが感じられたのだ。

墓石がずらりと並び、昼だというのに薄暗い。湿っぽい空気のせいで羽織《はお》っているマントが重い。

墓場である。

が、イヤな感じは墓場だからというわけでもないなと、有村将人《ありむらまさと》は思った。

「やっぱり、なんかいる？」

将人の横に飛ぶ大型の蝶《ちょう》くらいの妖精《ようせい》がイヤそうな顔をした。

「どう見てもそうだろ、ルカ」

将人はそう言うと、さらに一歩踏み出した。

と、墓場の中で動きが起こった。ボコッボコッと土が盛り上がり、白い物が突き出してきた。

見る見るうちに這《は》い出してきたのはスケルトンウォリアー。真っ白い骨が長剣と盾を持って侵入者を迎え撃つ。

「ううっ。墓地の清掃《せいそう》業務にしては指定された人数が多いなって思ったけど、こういうことか……」

将人はバッとマントを翻《ひるがえ》し、右腕を伸ばすと、

「ええっと、スケルトンが四の五の六匹、と」

動く骨の数をペンの頭で数えてメモ帳にノック式ボールペンを走らせた。

「社長、のんきに書き物してる場合!?」

将人を追い抜いて墓場に駆け込んだ小柄な少女が叫ぶ。

「いや、だって、なにをどれだけ倒したか記録しとかないと請求書が書けないじゃないか、モニク」

「そういうのは指示をしてからにして！」

金髪の少女は長剣を抜き放ち、スケルトンに対峙する。

「わかった。それじゃテキトーに戦って」

「またいい加減な指示ですね」

大きな斧を持った少女が呆《あき》れた顔をしながらも前に出る。

「了解した！」

大胆にアレンジされた和服のような服を着た女性が刀を青眼《せいがん》に構える。

「みんな、行くわよ！」

モニクの号令で戦いが始まった。

スケルトンの攻撃は単調だ。数こそ勝っているが、将人の社員たちは優秀だ。前衛を務めるのはスレイヤーのモニク、サムライのアザミノ、バーサーカーのテレージアの三人。そして、後衛がアーチャーのダグマル、クレリックのクレア。それぞれが連携《れんけい》してわずか数秒で片をつけた。

「トーゼンの勝利っ！」

モニクが高らかに言い放つ。

「簡単な仕事だったねぇ」

アザミノが刀をぶんっと振って鞘《さや》に収める。

「さあ、戻るか」

将人が声をかけた時、いきなり陽が陰《かげ》った。

「うわっ、なんか来たよっ⁉」

空を見上げたルカが声を上げる。

釣られて振り仰いだ将人は思わず目を見開いて口をポカンと開けてしまった。

「って、ドラン⁉」

翼を広げた巨体が急降下してくる。翼を広げて四メートル程度の小型とはいえ、れっきとしたドラゴンだ。全員その場を飛びのいた。

ズゥンンン……と地響きと共にドランが着地した。翼がわっさわっさと動くと、土ぼこりが舞い上がり、風と一緒に将人たちに吹きつける。

「なんで、こんなのが墓場にいるんだ⁉　料金割り増し請求してやる！」

将人はメモに怒りのボールペンを走らせる。

「おおかたスケルトンのせいで人が来ないからねぐらにしてたんだろうさ」

アザミノが一旦収めた刀を抜き放った。

「倒すわよ！」

モニクが真っ先に斬りかかった。

しかし、ドランは翼で風を巻き起こして接近させまいとする。

「ダグマル、翼を狙え！」

「はいっ、社長！」

元気のいい返事をして、ダグマルが弓を引き絞る。

その間に前衛三人が三方から攻撃を仕掛けた。

ドランが翼を広げた瞬間、ダグマルは三本の矢を同時につがえて放った。風をはらんで膨《ふく》らんでいた翼は矢を受けて大きく破れる。巻き起こる風の威力は明らかに落ちた。

「次！」

すかさず次の矢をつがえ、ダグマルはもう一方の翼を狙おうとした。

ドランはその狙いを察知したかすぐさま翼をたたみ、喉《のど》を伸ばして天を仰いで息を吸い込んだ。

コオオオオッと激しい吸気の音。

「炎⁉　逃げて！」

モニクが叫んだ瞬間、ドランは首を伸ばして顎《あご》をガッと開いた。轟音《ごうおん》と共に紅蓮《ぐれん》の炎が迸《ほとばし》り、辺りにまき散らされる。

「大丈夫か、みんな⁉」

将人は目を熱気から守る為に手をかざし、叫ぶ。炎からは五メートルほど離れているにもかかわらず、熱気が凄まじい。灼熱《しゃくねつ》の壁の向こう側にはモニクたちの姿が見えるが、陽炎《かげろう》のように揺らめいて見える。

「大丈夫だけど、近づけないわ！　それに長時間は無理‼」

モニクの返答に将人の横に立つクレアが泣きそうな顔で杖を握りしめた。

「社長、回復しても追いつきません……」

クレアの杖が放つ青い輝きは力の限界を示すように明滅《めいめつ》し始めていた。

「社長！　出番だよ‼」

ルカの叫びに将人はうなずいた。

「やってみる！」

将人は目を閉じて意識を集中した。

この世界にやって来てから備わった不思議な力。自分でもどうやったら使えるのか、いまいちわかっていない。確かなのはひとつ。戦えない自分に代わって戦う社員たちを助けたいという想い。それが重要だということ。

体の奥底から熱いものが頭をもたげてくるのがわかる。それが体の頂点目指して突き進み、殻を破って迸る感覚。

直後、全身の力が抜ける疲労感を覚え、将人はフラッとよろめいた。

モニクたちの体が光り輝いていた。まるでバリアーが展開されているようだ。

「やった、社長スキル発動！　防御力がアップした〜！」

ルカが歓声を上げて宙を跳ねるように舞う。

「熱を感じないわ!?　行くよ、みんな！」

モニクが長剣をかざし、先陣を切って斬りかかる。

「抜け駆け反対だ！」

アザミノが刀で炎を薙《な》ぎ払い、ドランに走る。

「ヴィーク流斧術《ふじゅつ》をお見せします！」

テレージアが斧を高々と振り上げて跳ぶ。

ドランは無事な翼で振り払おうとした。しかし、アザミノの動きの方が早かった。刀が翼を根本から両断する。

注意がそれたせいでドランの反対側ががら空きになっていた。そこにテレージアの斧が襲いかかり、首の付け根に深々と食い込む。

叫びを上げてドランが長い首を一瞬下げる。すかさずモニクの長剣がドランの脳天に叩き込まれた。

「とどめっ！」

叫んだモニクは引き抜いた長剣で頭部を貫いた。

激しくもがいていたドランもついに息絶えた。

炎の勢いが収まってくると、ようやく将人の体も力を回復してきた。戦場となった墓場を見回し、他になにもいないのを確認する。

「よし、仕事完了！」

メモをパタンと閉じる。

「今回の作戦も上手く行ったわね！」

満足げなモニクにかぶせるように、アザミノが刀を掲《かか》げて快哉《かいさい》を叫んだ。

「さあ、祝杯の時間だ！」

ほんの二ヶ月足らず前まで普通のサラリーマンをしていた将人がどうして異世界でこんなことをしているのか。

それにはこんな顚末《てんまつ》があった——。

1章 とある異世界の給与所得者《サラリーマン》

1

ダッダッダッダッと力強く繰り返す音が聞こえる。

ああ、電車の音か……。

半《なか》ば眠りながら有村将人《ありむらまさと》は思った。

電車の中にいるのだから、電車の音が聞こえたり、爽《さわ》やかな風が髪をなでていくのも当たり前だ。

いや、待てよと、将人は思った。

電車の音はガタンゴトンじゃなかったか？　それに爽やかな風？　冷房はまだ入っていない。春なんだから。

寝ぼけたままの頭はのろのろとしか回転しない。そんなことはどうでもいいのだ。寝過ごしたら面倒だ。そろそろ起きないとな。

将人はようやく目を開けた。

「……え？」

目の前の光景に思わず呆《ほう》けた声が出た。

「ええっ⁉」

今度は目を見開いて周囲を見る。

電車に乗って座った時、向かい側の座席には何人か、将人の隣りにもひとりかふたり座っていたはずだ。それが誰もいない。それどころか、座席がない。吊革《つりかわ》がない。電車そのものがない。

将人は腰までの高さがある草が生《お》い茂《しげ》る原っぱにたったひとりで立っていた。

「なんで、こんなとこにいるんだ、僕？」

将人は首をひねった。

確か、営業の仕事で得意先に行く途中だったはずだ。電車でうとうとしてしまって、それからどうしたっけ？　まさか夢遊病《むゆうびょう》みたいに意識しないで電車を降りて、駅を出て、原っぱに歩いたなんてことはないよな。

「とにかく、ここがどこかだ」

カバンからスマホを取り出し、マップを起動した。

マップには会社周辺の地図が表示された。これは前に起動したままだ。現在地表示に切り替えたが、画面は真っ白になってしまった。

「あれ？　電波がきてない？」

Ｗｉ《ワイ》－Ｆｉ《ファイ》どころかアンテナマークがない。

いや待て。電波がなくてもＧＰＳは頭上の衛星を捕らえるはずだ。

設定を変えたりして試したが、まったく変わらない。

「仕方ないな。とにかく、駅に戻らないと」

将人は周囲を見回して、なにか目印になりそうなものはないかと探したが、見事になにもない。

「日本にもこんなところがあったのか」

おかしな感心をして、とにかく歩き出そうとした時、音が聞こえた。

ダッダッダッという、眠りながら聞いた音だ。夢ではなかったらしい。

「あっちだな」

音の方向を確かめ、将人は草をかき分けて歩き出した。

しばらく進むと、なにか見えてきた。

左の方から猛スピードでなにかが移動している。

気がつくと、将人は道の脇に立っていた。幅五メートルほどの土がむき出しになった道だ。トラクターなんかが通る田舎のたんぼ道のようである。

そこを将人の方に向かって駆けてくるのは――

「馬ぁっ⁉」

向かってくる馬を見て、将人は思わず声を上げる。

ただの馬ではない。まるでファンタジー映画に出てくるような鎧《よろい》を身につけた男が馬に跨がり、右手には剣を持って疾走してくる。

その男が将人をにらみ、右腕の剣を振りかぶった。

「へ？」

目を見開いた将人の頭上を剣が風を斬って駆け抜けた。

かわしたわけではない。腰が抜けたという方が正確だ。

道ばたにへたり込んだ将人に向かってチッと舌打ちをすると、男は馬首を巡らせた。

「なっ、なんなんだよ！　危ないだろ！」

叫びを上げた将人は慌てて道に出ると駆け出した。

男が馬から飛び降り、剣を構えて迫って来たのだ。

「な、なんなんだよ、あいつ⁉」

振り返って見ると、黒い頭巾《ずきん》で隠され、顔は見えない。長剣は太い片刃の剣。日本刀じゃない。西洋の剣だ。

行く手に馬車が見えた。

「助けてくだ――」

誰かいるだろうと声を上げた将人だが、すぐに間違いに気づかされた。

馬車は車輪を壊され、傾いていた。二頭の馬は繋《つな》がれたままで、そして、馬車の陰《かげ》に人の姿があった。一目で息をしていないのがわかる。そんな惨状《さんじょう》だ。

映画のセットかと一瞬思った。自分の目にしているものが本物だと認めたくない。が、背後から迫って来る男はどう考えても殺す気満々だ。この馬車の主もひょっとしたら……。

将人は馬車の陰に逃げ込んだ。

「ここそこ隠れたって無駄だ。逃げ場はないぞ」

男の声は想像より若く響いた。

言われなくてもわかっている。将人は馬車の残骸《ざんがい》になにか武器になりそうな物がないかと必死になって探す。板きれ？　盾の代わりになりそうには見えない。棒きれ？　短剣並みの長さの破片《はへん》しかない。

地面になにかないかと手探りしていると、なにかが手に触れた。

つかんでみると、ブローチのようなものだった。紋様《もんよう》のようなものが表に刻まれ、裏にはピンがついている。

積んであった商品にしては奇妙な物だ。宝石が入っているわけでもないし、どちらかというと安っぽい。

「なんだろ、これ?」

が、それどころではないと、将人はそれを拾って、他の物を探そうとする。

が——。

「手間を取らせやがって」

無駄なあがきをしている間に男は将人の前に迫ってきていた。

顔を隠した黒い頭巾の隙間《すきま》からカミソリで切ったような細い目だけがのぞいている。

「見られたからには見逃すわけにはいかない。てめえの不運を呪って死ね」

男は長剣を振りかぶり、勢いよく振り下ろした。

将人は思わず目を閉じて両手で身を守ろうとした。そんなことは無駄だと知りながらも反射的に動いてしまったのだ。

頭上でキンッと金属音が響いた。

斬られた感じがしない将人は恐る恐る目を開ける。目の前には一振りの剣。それも男の持っていた物ではない。真っ直ぐに伸びた両刃《りょうば》の剣だ。

「素手《すで》の相手を襲うなんて卑怯《ひきょう》ね」

涼《すず》やかな声が将人の脇から聞こえた。そして、声の主が男の剣を跳ね上げた。

「……貴様」

男が一歩退《ひ》いて、剣を構え直す。

将人の前に移動しようと剣の主が将人の足をまたごうとした瞬間、男は踏み込みながら剣を振るった。

相手が片足の時に力でねじ伏せ、バランスを崩させる。それが狙いだったのだろう。しかし、男の攻撃はブンッと風を斬って振り払われた長剣に弾かれていた。その衝撃が想像以上だったのか、男の方がバランスを崩していた。しかも、返す刀で男の胸元に切先が突きつけられた。

「その剣の腕、ただ者じゃないな。何者だ？」

「無抵抗の者に斬りかかるようなヤツに名乗る名前はないわ」

凜《りん》とした声が言い放ち、切先を男の顔に突きつける。

「どうするの？」

迫る声に、男は身を翻《ひるがえ》した。

「おまえたちの顔、覚えたぞ！」

馬に飛び乗ると、男は走り去っていった。

「……た、助かったぁ……」

長々と息を吐き出しながら、将人はその場にへたり込んだ。

「大丈夫？」

声をかけられて、将人は初めて長剣の持ち主の顔を見た。

身長からすると中学生くらいだろうか。小柄な体に、見事な金髪が目を引く。それだけではなく、これまで見たこともないほどのかわいい女の子だった。子供のモデルといった感じだ。

こんな娘が剣を振り回して、さっきの男を追い払ったのかと、将人は鞘《さや》に収まった腰の剣をまじまじと見た。体の大きさに比べると、かなり長すぎるような気がする。

大きな蝶《ちょう》が少女の周りを飛んでいるのに気づいたが、将人は女の子から視線を外せなかった。

「盗賊《とうぞく》に襲われたみたいね。こんなところを護衛も連れないで旅するなんて無謀《むぼう》だわ」

責めるような口調に、思わず将人は言い返した。

「僕は通りすがりだよ！」

「こんな街から離れた街道を、剣も持たないで歩いてたの？　それとも、実は魔法が使えるとか？」

「魔法？」

剣とか魔法とか、これじゃまるでファンタジー映画じゃないか。そう思いながら、将

人は改めて年下の少女を見る。いや、どう見ても、少女の格好はファンタジーだ。鮮やかな赤い上着とスカートは女の子らしいが、膝《ひざ》と肘《ひじ》には防御のためのガードがあるし、小さな盾も持っている。加えてさっきの剣技。

「あまりジロジロと見ないでちょうだい」

「あ、ゴメン。見慣れない格好だから」

「それはこっちのセリフなんだけど……。で、あなたは？」

少女の問いに将人はほとんど条件反射的に動いていた。

「あ！　申し遅れました。僕はこういう者です」

名刺入《めいしい》れから名刺を出して両手で差し出す。二年間のサラリーマン生活で叩き込まれた動作だ。

「文字？　読めないわね」

少女は眉間《みけん》にシワを寄せて名刺をにらむ。

「読めないって、日本語でしゃべってるよね？」

「ニホンゴ？　私は普通にしゃべってるだけだけど？　あなたもそうでしょ？」

少女が不思議そうに答える。

言われて気づいたが、自分でしゃべっている言葉も聞いている言葉も日本語っぽくなかった。いつの間にか外国語を習得していたのだろうか。もしそうなら、英会話で四苦八苦していた将人にとっては朗報《ろうほう》だ。いや、それ以上に大きなビジネスチャンスだ。その前にこの言葉が何語なのかわからないのだが……。

そんなことを考えていると、別の声が割り込んできた。

「モニク！　きっとこの人、転移者《てんいしゃ》だよ！」

声の聞こえた方向に顔を向けた将人は目を見開いた。少女の周りをヒラヒラと飛んでいた蝶が話していたのだ。

「え⁉　蝶がしゃべった⁉」

「失礼ね！　こんなかわいい蝶がいるわけないでしょ‼」

プンプンと胸を張って言うのは、確かに蝶ではない。身長二〇センチくらいの女の子だ。まるで美少女フィギュアがピンクの羽根を広げて飛んでるようだ。

「あたしはルカ。見てのとおり妖精《ようせい》よ」

「妖精って、そんなのいるわけないだろ」

思わず笑ってしまった将人。

「まだ寝てるのかな～、この頭は？」

ルカはひらりと舞い上がると、将人の頭に急降下して連続キックを見舞った。

「痛い痛い！　わかったから！」

将人は頭をかばいながら悲鳴を上げて逃げ回る。

「妖精ってのがこんなに凶暴だとは思いもしなかったな」

蹴り散らかされた髪の毛をなでつけながら、将人はぼやいた。

「で、転移者ってなんなんだい？」

「他の世界から飛ばされてきた人がたまにいるんだよ。あたしもそうなんだよ」

「え？　そうなのか？」

「そう。行くところもなかったから、モニクと一緒にいるの」

「モニクっていうのは君？」

将人は少女の方を見る。

「私はこの世界の出身よ。モニク・ワロキエ、ワロキエ家の当主よ」

「当主？　そんな小さいのに？」

「ちっ……ちっさいって言うな！」

モニクと名乗った少女は将人を見上げて頰《ほお》を膨《ふく》らませて声を上げた。

「ゴメンゴメン。若いのにって意味だよ」

「……色々事情があるのよ」

モニクは言いにくそうに言葉を濁《にご》した。そこは突っ込まない方がいいなと、将人は判断した。

「改めて自己紹介するよ。僕は有村将人」

「アリムラマサト？　おかしな名前ね」

「僕の世界じゃ普通なんだけど」

苦笑しながら将人は応じた。

「……そうか。本当に異世界なのか……。はあ～っ……」

長いため息を漏らし、将人は空を見上げる。とにかく、夢を見てるんでなければ、ここは異世界だと認めるしかない。そこから始めよう。

「どうしたらいいんだろ？　ちなみに、元の世界に戻る方法とか知ってる？」とルカを見る。

「知ってたらここにはいないよ～」

「だよね」

将人はカクンと肩を落とす。

「とりあえず戻る方法を探さないといけないな。係長、カンカンだろうなぁ」

「カカリチョウって？」

「会社の上司。口うるさくてさぁ。予定時間より戻るの遅れたりしたら、それだけで無茶苦茶怒るんだよなぁ」

「カイシャっていうのにカカリチョウがいるんだ。で、マサトはカイシャの人なのか～。なんだか大変なんだね～」

わかっているのかいないのか、ルカはそうつぶやいて、いきなり声を上げた。

「あっ、そうだ！　いいこと思いついた‼　いっそ、マサトがそのカイシャっていうのを作ったら？」

素《す》っ頓狂《とんきょう》なことを言い出した。

「は？」

「だってさ、そうしたらカカリチョウから怒られなくなるじゃない？　あたしって頭いい～！」

「あのね……。自分で会社起こしたって、今の上司がいるわけじゃないから意味ないじゃないか」

将人は苦笑する。

「だいたい無理だよ。資本金が必要だし、僕には貯金なんてないし――」

「それってマサトの世界だよね？」

「――あ、そうか。こっちの会社はどうなってるんだろ？」

将人の問いにモニクは怪訝《けげん》な顔をする。

「カイシャってなに？」

「え？　あ、そうか。会社って考えがないのか。店だよ。食べ物とか武器とか売る店みたいなものだよ」

「お店なら、別に決まりはないと思うけど」

「そうか！」

「まあ、場所と使用人は必要だけど」

「だよな……」

将人は力ない笑いを浮かべた。そして、ふと真顔に戻る。

「……いや、でも、会社作るっていうのはありかな。人が集まれば情報も入ってくるし、元の世界に戻る方法を知ってる人が見つかるかも……。闇雲《やみくも》に探し回るより効率がいいよな……」

ブツブツつぶやき始めた将人を見て、モニクとルカは顔を見合わせた。

「よし！　当面の目標は会社設立だ‼」

「それで、なにを売るの？　なにも持ってないみたいだけどさ」

モニクが将人を見る。

将人の持ち物は営業用カバンがひとつあるだけだ。中には書類やパンフレット、タブレットや小さなボディバッグなんかが入っているが、もちろんそれでは商売は出来ない。なにかないかと考えて、将人は壊れた馬車と御者《ぎょしゃ》の死体を見た。その瞬間、アイディアが浮かぶ。

「商品を売るんじゃない。傭兵《ようへい》を派遣《はけん》するんだよ」

「傭兵を派遣？」

「これだけ物騒《ぶっそう》なんだから、護衛とかそういう要望は多いだろ？」

「まあ、そうね。今は傭兵は個人で雇《やと》ってるけど」

「個人で雇うよりも割安で、仕事ひとつで一契約。どうかな？」

「値段が安くて一回限りね。確かに新しいかも。で、その傭兵はどこから集めるの？」

「……それはこれから考える」

「全然考えてないんだ～」

ルカは笑い出した。と、急になにか思いついたと顔を輝かせる。

「そうだ！　モニクが社員第一号になってあげたら？」

「どうして私が？」

「だって、傭兵会社なら護衛の仕事とか入ってくるし、実戦での修行もやりやすいんじゃない？　しかも、お金ももらえるし」

いつの間にか給料の話にまで進んでいるのに気づいて、将人は慌《あわ》てて口を挟《はさ》んだ。

「仕事があればだけど」

「大丈夫だって～。この辺りはさっきみたいな盗賊もいるし、街の治安もそんなによくないから、仕事の依頼は結構あると思うよ」

「それはそれで不安だな……」

なんだか殺伐《さつばつ》とした世界だなと、将人は青くなる。

「で、街はどこにあるんだい？」

「これから向かうのはアルカレイアって街だよ」

「大きいのかい？」

「中立国アルカレイアの都よ。この世界は幾つかの大きな島からできていて、それぞれに国があるの。その辺りはまた説明してあげるわ」

「アルカレイアか。よし。行くぞ！」

将人は新規開拓に挑む営業マンさながらに気合いを入れて歩き出した。

こうして――

サラリーマン有村将人は剣士モニクと妖精ルカと共に傭兵会社を起こすことにしたのであった。

2

アルカレイアは確かに大きな街だった。

しかし、将人が想像した大都市とはもちろん違う。高層ビルはないし、自動車が走り回っているわけでもない。人は多いが、交差点に人があふれるレベルでもない。

せいぜい三階建ての煉瓦《れんが》や木造の家が建ち並び、馬と馬車が通りを行き交うレベル。

「地方の駅前商店街くらいかな」

出張で訪れた地方都市を思い出し、将人はつぶやいた。

「まずは、これだな」

将人は担いできた木箱を持ち直した。襲われた馬車の中に残っていた貨幣《かへい》や書類をかき集めて運んできたのだ。モニクはそんなもの放っておけばいいと言ったが、将人は持ち主に戻すべきだと言い張って、運んできたのだ。これから会社をやるなら信用第一だと信じていたからだ。

幸いにも書類には荷物の発送元が書かれてあった。人に尋《たず》ねると、場所はすぐにわかった。

目指す商店に向かい、店にいた店主に伝票を見せた。

「この伝票にある荷物を送ったのはこちらですか？」

「ああ、そうだが？　今朝送ったのに、なんであんたが持ってる？」

驚いた顔で伝票と将人を見る店主のうさん臭そうな視線が将人に刺さる。将人は淡々と事実を告げた。怪しまれることは覚悟の上でやってきたのだ。

「実はこの先の道で盗賊に襲われていたのを見つけたので、残っていた荷物を運んできました。といっても、これだけですけど」

そう言って木箱を空いていたテーブルに置いた。

「襲われた？　御者はどうなった？」

「残念ですけど、すでに……」

「……そうか。うちに長い間仕えてくれたんだけどね」

はあっと店主は哀しみのせいか、それとも面倒が増えたという落胆のせいか、ため息を漏《も》らした。

「あ、そうだ。これも、ですか？」

将人は店主に拾ったブローチを示した。

「いや。こんな安物、ウチじゃ扱わんよ」

「そうですか」

とすると、あの盗賊の持ち物なのかもしれないなと将人は思う。

「それじゃ、これで」

「ああ、待ってくれ」

出ていこうとした将人を店主が呼び止めた。

「なにか？」

「ただで帰しちゃウチにもメンツってものがある。ちょっと待ってくれ」

店主は箱を持って奥に行くと、小袋を持ってきた。

「これが礼だ」

「いや、でも……」

固辞する将人にモニクが声をかけてきた。

「いいじゃない。もらっておきなさいよ」

「それじゃ」

将人は礼を言って店を出た。小袋の中には一〇円玉のような銅貨が五〇枚ほど入っていた。が、この世界の金の価値も物価もわからないのではこれがどれくらいの価値なのかわからない。

「これで少しは会社の足しになるかな」

「まあ、子供の駄賃《だちん》くらいだけどね」

「そんなレベルなのか。まあ、チップだと思えばいいか」

気にした様子もなく、将人は金の入った袋をスーツのポケットに突っ込んだ。

「次は会社の場所だな」

「その前に、あなたの格好をなんとかしないとダメね」

「え？」

そう言われて、将人は思わずモニクを見る。

「視線、気にならない？」

初めて将人は周囲を見た。行き交う人々が物珍しそうに将人を見ている。視線が合うと、困ったような顔をして目をそらす。

「あたしよりも珍しがられてるなんて、凄いね～」

ルカが羨《うらや》ましいのか、からかってるのかわからない声を上げた。

「そうだね。浮きまくってる」

気がついてしまうと視線を意識して恥ずかしさがどんどん増していく。まるで自分が珍獣《ちんじゅう》になった気分だ。

「どうしよう？」

思わずカバンを抱えて小さくなる将人。それを見て笑うルカ。

「装備を調《ととの》えるなら、防具屋だよね～」

「防具って甲冑《かっちゅう》じゃないんだからさ」

「布の服だって立派な装備なんだよ？」

「そうなのか？」

からかわれているのかとふたりの顔を見る。冗談ではなさそうだが、納得できないものを感じながら、将人はモニクたちに連れられて商店が並ぶ一画を歩く。

「あそこなんかいいんじゃない？」

モニクが指さした先には一軒の商店。鎧の絵が描かれた看板が下がり、ガストンの店と書いてある。カンカンと鍛冶屋《かじや》のような金属を打つ音が響いている。

「いくらなんでも、あれは違うんじゃ……」

将人はあまりに激しい音に及び腰になる。

「大丈夫だって！」

ルカは将人の背後に飛んで、トンと背中を蹴って押した。

店の中には作りかけの金属の甲冑や肘当て、すね当てが無雑作《むぞうさ》に置かれている。

「あんなの身につけたら重くて動けないだろうなぁ」

特に運動をやって鍛《きた》えていたわけではない将人には、手足に重石をつけるような責め苦はとてもじゃないが考えられない。

「革の胸当てとかあるかしら？」

モニクが主人に尋ねる。

「あんたが着るのか？」

「いや、僕のだ」

「あんた、おかしな服着てるなぁ。そんなんじゃ身を守れんだろ。そこの甲冑《かっちゅう》一式なら、お薦《すす》めだ。寸法あわせもきちんとやるぜ」

「いやいや、そんな危ないことはするつもりないから」

将人は慌てて首を振る。

「傭兵たちを束ねるのに、それじゃ示しがつかないでしょ」

モニクが肘鉄を将人の脇腹《わきばら》に決めた。

「いたた……」

強烈な一撃に将人は顔をしかめる。

「とにかく、革の胸当て。これが最低装備だから。わかった？」

「わかったわかった」

モニクの肘鉄も防御できるなら歓迎だと、将人は背広を脱いで、ネクタイも外して、胸当てを身につけた。左腕を通して、右肩と右脇のベルトを締めればいいのだが、結構面倒だ。それに、思ったよりも硬い。

「結構きついなぁ」

「それで身を守れるならいいでしょ」

「で、この代金は？」

「それを渡して」

モニクは将人が脱いだ背広を指さした。

「ええっ⁉」

「それで充分だと思うけど」

「いや、確かにスーツはサラリーマンの戦闘服なんだけど……とはいえ、ここじゃ役に立たないしなぁ」

悩んだ末、将人はポケットの中身をカバンに移し、スーツの上着をガストンに差し出した。

「見たことない生地《きじ》だし、形も凄いな。縫製《ほうせい》も仕立ても細かい。いいのかい？」

将人は脱いだ背広を見つめる。初めて出た夏のボーナスで買ったスーツだ。ようやくリクルートスーツからおさらばできると嬉しかった思い出が……。

「まあ、背に腹は替えられないから」

一年も着てるから、そろそろ買い換え時だしなとは言わないでおく。

「そうか。じゃあ、その胸当てだけじゃ申し訳ない。このマントも持っていけ」

そう言ってガストンはマントを将人に押しつけた。

「売れ残りを押しつけてるんじゃないでしょうね？」

モニクがすかさず口を挟む。

「ま、まさか……。それじゃ、差額を返そう」

ガストンは明らかに顔色を悪くして、モニクに金をつかませた。

無言で銅貨を見るモニク。

さらに追加で金を渡すガストン。

「もう限界ですよ」

「まあ、いいわ」

モニクが小さく笑うのを見て、ガストンはほっとしたように肩を落とした。

「しっかりしてるねぇ。あんたたち、夫婦者かい？」

ガストンがそう訊いた。

不意を突かれて、将人とモニクは顔を見合わせた。先に反応したのはモニク。

「ち、違うわよ！」

力いっぱい否定されて、将人はちょっとだけ残念な気がした。女子高生くらいの女の子と知り合う機会なんてないから、それ以上望むのは罰当たりであると思い直す。

「なんだ、違うのか。あんたは結構腕っ節が強そうだから、この街に住むならいいところがあるって思ったんだけどな」

「いいところ？」

食いついたのは将人だ。

「まあ、訳ありなんだが、格安だ」

「訳ありって、幽霊でも出るのか？」

「そんなんじゃないさ。まあ、ちょっとな」

幽霊をあっさりかわして、さらにいわくありげな感じでガストンは口ごもった。もっと公言できないなにかがあるのかと将人は不安になる。

「興味があるなら情報屋のブックマンのとこに行ってみな」

「情報屋が不動産も扱ってるのか？」

「ふどうさん？　なんだそりゃ？　そんなものは扱ってないと思うが」

「いや、気にしないで。土地や建物も扱ってるのか」

「まあ、何でも屋みたいなもんだからな、あいつは。俺からの紹介だって言えば、それなりにやってくれるさ」

「それなりにってのが気になるけど、行ってみるよ」

将人は教えてもらった情報屋の家に向かった。


「ちょっと寒いな」

ワイシャツに胸当てだけになった将人は腕に当たる風に身をすくめた。気温は二〇度くらいあるんだろうが、風が吹いたり、陽射《ひざ》しがなくなったりすると、肌寒い。

「それ、羽織《はお》ったら？」

モニクがマントを示す。

「おかしくないか？」

「そうね。かえって目立たないかも」

そう言われて、将人はマントを肩にかけ、首元でヒモを結んでとめた。

「似合う似合う！」

ルカが手を叩いて声を上げた。笑いをこらえているようにしか見えない。

「絶対おかしいんだろ？」

ふたりの様子を見て、将人はマントをはずそうとヒモに手をかける。

「大丈夫だってば～」

ルカが笑いながら言う。

「その笑いが信じられないんだよ」

「マントがおかしいんじゃなくて、ただ……足とはあっていないわね」

モニクがマントからはみ出した下半身を示す。

「ズボンか……。これもなんとかした方がよかったな」

「あと、靴《くつ》もね」

「ああ、確かに。営業用の革靴じゃなぁ……」

一段落したら、下半身の装備をなんとかしようと、将人は心に決めた。

情報屋というから、スパイ映画に出てくるような怪しげなものを想像していた将人だが、拍子抜けするような普通の店だった。なんと言っても、隣には青果店があるくらいだ。

雰囲気でいうなら、チケットショップが近い。無数のメモ書きが壁にピンで留められている。物件情報らしい。確かに不動産情報もあるようだ。

「なんでしょ？」

店を見ていると、ビン底メガネをかけた青年が奥から顔を出した。

「ブックマンさんですか？」

「ああ、そうだ」

メガネをずりあげて、将人を見上げた青年がうなずいた。

「ガストンさんからの紹介で、格安の家があるとか聞いたんですが」

「ああ、あの話か。色々条件が厳しいよ」

ブックマンは将人を値踏みするように見た。

「やっぱり、なにかあるのか。まあ、見るだけ見てみるか」

「どんなボロい家だろね～」

ルカが楽しそうに将人の周りを飛び、肩に腰を下ろす。いつの間にかそこが定位置になっていた。

「モニクだと肩が狭いし、髪が邪魔なんだもん」とはルカの言い分である。

「ほう、それは妖精かい？」

ブックマンがメガネをずりあげて身を乗り出す。

「違うよ？　かわいい妖精だよ」とルカ。

「自分でかわいいを連呼するのはどうかと思うけどね」

将人は苦笑を浮かべる。

「あんたたちは別の世界から飛ばされてきたのかね」

ブックマンは将人とルカに訊く。

「なんでわかるんだ？」

「格好が違うだろう。それに、最近、あちこちでそういう話が出ていてね。情報を集めているんだ」

「この辺りにそんな人はいるのか？」

「いや、この辺りではまだ聞いたことがない。あんたたちが初めてだ」

「そうか。まあ、でも、他にもいるのは確かなんだな」

将人は希望が見えたなと、少し安堵《あんど》した。

「あんたたちのことも後で聞かせてくれないか？」

「そうだな。その方が情報が拡散できるな。いいだろ、ルカ？」

「うん、いいよ～」

「じゃあ、先に家を案内してやろう。ついといで。店は頼んだよ」

ブックマンは店を開けたまま、隣の青果店に声をかけると歩き出した。

商店街を抜け、街に入ってきたのとは逆方向へ向かう。

「あの家だ」

ブックマンが示したのは、街の外れにある一軒の煉瓦造りの家だった。二階建てで、二階にはバルコニーもある。

「へ～、綺麗じゃない！」

ルカはひと目で気に入った声を上げた。

「ちょっと待ってくれ。鍵を取ってくる」

どこか急いだ様子で言い残し、ブックマンは隣りの家との隙間に入っていった。

その間、将人とモニクは建物の外観を見て回った。

奥行きもたっぷりで、恐らく一階には三部屋。二階にも同じだけありそうだ。これなら事務所を一階にして、二階に自分の部屋とモニクの部屋が――。

そんなことを考えて、将人は今さらながらモニクと同居することになるんだと気づいた。

同居なんて言うと、ついついハプニングを期待したりするわけで、例えば風呂に入ろうとしたら、素っ裸で鉢合わせして――。

「思ったよりずっと大きいわね」

「え⁉　大きい⁉　僕はそんなに――」

　思わず余計なことを口走りそうになって、将人は慌てて口を閉じる。

「なにを焦《あせ》ってるの？」

「い、いや！――そ、そうだな」

　将人はごまかし笑いを浮かべた。この世界に日本風の風呂があるとは思えないぞと自分に突っ込む。

「どうして、こんな家が格安なのかな～？」

　バルコニーの辺りまで舞い上がって、窓から家の中をのぞいていたルカが不思議そうにつぶやいた。

　と、どこからかガラの悪い男たちが現れて、将人とモニクを取り囲んだ。四人。全員がヒノキの棒やら棍棒やらで武装していた。

「この家には関わらない方がいいぜ」

　男たちはこれ見よがしに得物《えもの》を振り回す。

「あなたたちが元凶ね⁉」

「ちっこいくせに元気のいいお嬢ちゃんだな。怪我《けが》するぜ」

「……ちっ……小さいって言うなーっ！」

　顔を真っ赤にしたモニクは長剣を抜き放った。

正面の男の棍棒をかわすと、地面にめり込む。モニクはそれを足で踏みつけ、右と後方の男を長剣で牽制する。

左側にいた四人目の男は将人を狙ってヒノキの棒を振るってきた。

「うわっ……」

将人は反射的に後ろに飛ぼうとしてマントの端を踏んづけてしまった。なすすべもなく倒れたところにブンッとヒノキの棒が空を切る。

あれ？

将人は男を見て違和感を覚えた。

妙に感じたのは男の動きがどうにも頼りなかったからだ。棒を振った後、勢いあまってよろっと体がよれてしまっている。

すかさず将人が足を伸ばして引っかけると、ものの見事に男はひっくり返ってしまった。ころんと目の前に転がってきたヒノキの棒をつかんだ将人は立ち上がって男に突きつける。

三人を相手にしていたモニクだが、心配する必要などまったくなかった。棍棒の重さも風を斬って振り回されるモニクの長剣には敵わない。瞬《また》く間《ま》に叩き伏せられ、三人は地に這《は》った。

「まだやるつもり？」

モニクが男たちに切先を突きつける。

と、家の方から物音が聞こえた。

「まだいるのっ！」

モニクが長剣を振りかざしたまま、猛然《もうぜん》と突っ込んでいく。

「わっ！　ま、待った‼」

そこにいたのはブックマンだった。手のひらを突き出し慌てて声を上げる。

「ブックマンさん？　どういうつもりですか？」

将人が迫る。隠れて様子を窺《うかが》っていたのは明らかだ。

「わ、悪い！　条件が厳しいっていったろう⁉」

ブックマンは拝むようにモニクに言う。

「どういう事情か話してくれる？」

「実はこのところ盗賊団が街の周辺にもやってきていてね。一番初めに狙われる街の外れにある家が相次いで引っ越ししていったんだよ。この家もそうでね」

「なるほど。だから、腕っ節の強い人なら大丈夫だろうってことか」

「そういうことだ」

ブックマンは納得できたかなという顔でモニクを見る。

「で、合格なの？」

モニクの問いにブックマンは首を激しく縦に振った。

「もちろんだとも！　それに傭兵を雇う商売をするんだろ？　だったら、ただで貸すよ」

「本当ですか？」

思わず将人は声を弾ませた。

「ああ。この家には広い庭がある。そこに別の小屋を建てれば、一〇人くらいは住めるだろう」

「住み込みの傭兵が雇えるな」

「よかったら、うちでも傭兵募集の情報を流すよ」

「それは助かるなぁ。ただで宣伝も出来るよ」

将人は予想外の幸運に顔をほころばせる。

「それじゃ、これで？」

モニクの問いに将人は大きくうなずいた。

「ああ。傭兵派遣会社が設立できるぞ」

3

家の中に入ると、少し前まで人が住んでいたのがわかった。

家具はそのまま残されており、棚には食器も少しある。最低限の生活は出来そうな感じだ。

玄関を入ると、まずリビングっぽい広いスペースがあり、その右側にはドアがあって部屋に繋がっている。奥に行くと、多分キッチンだろう。といっても、ガスレンジがあるわけではなく、カマドとかそういう薪《まき》をくべるものだろう。

二階に上る階段はその脇にある。

「事務所を一階にして、部屋は二階だな。モニクも二階でいいかい？」

「え？　私？」

モニクは意表を突かれた顔で将人を見た。

「そう。住むところあるの？」

「そういや、考えてなかったね～」

ルカがモニクと顔を見合わせた。

「部屋はまだふたつ空いてるし、好きな方に住めばいいと思うよ」

「そうね。でも、男の人と一緒なんて初めてだから……」

「僕も初めてだよ。いや、別にハプニングなんて期待してないよ⁉」

「はぷにんぐ？」

モニクは聞き慣れない言葉に首を傾げた。

「い、いや、なんでもない！」

「なんか怪しいね〜」

ルカがじとーっと将人を横目で見ながら含み笑いを浮かべる。

これはわかってるなと将人は感じた。モニクはわかってないのかもしれないが……。

「大丈夫よ。もしなにかあっても、これがあるから」

そう言ってモニクは腰の愛剣を示した。

そうでした……。

意図せぬハプニングでも問答無用で真っ二つにされるのは間違いない。将人は残念なようなほっとしたような複雑な気持ちで長剣を見た。

それから、家の中を見て回り、ふたりの部屋を決め、庭も確認した後、元の玄関前に戻ってきた。

「じゃあ、社長室は事務所の隣でいい？」

「まあ、そうだね」

モニクの問いに答えながら、将人はそのドアを開ける。

広さは六畳間くらい。窓が通りに面してひとつだけ。もちろん、ガラスのはまったサッシなんかではなくて、木製の観音開き《かんのんびら》きになった窓だ。おあつらえ向けのテーブルとイスも残されていた。

「これで当面は間に合うかな」

将人はテーブルを奥に移動し、イスを壁際《かべぎわ》に持ってきた。

「これが社長のイスかぁ……」

なんだか、一生縁がないと思っていた物を目の当たりにして、将人は思わずつぶやいた。もっとも、重厚な革張りで肘掛けとリクライニング付きというわけじゃないけど。

「座ってみたら？」

モニクに言われて、将人はイスに腰掛けた。

初めて座った社長のイスは、思ったよりもちゃちで、おまけに痛かった。

どこかでクッションを調達しておこう。

将人はそう思った。

「さて、会社の建物と、社員ひとりは確保したけど……」

「それにかわいい妖精もね」

「もっと社員と、資材倉庫と、開発部門が欲しいな」

「あっさり無視された～」

ルカは悔しそうに声を上げ、将人の頭の上で腕を組む。

「こっちも無視するもんね～だ」

将人はカバンから紙を取り出してペンで図面を書き始めた。一階の間取りと庭だ。べッドは備え付けてあったから、今夜寝るのに必要なのはシーツや毛布、枕といったところだ。水は庭に井戸があったし、カマドも使えそうだ。薪は用意する必要がある。

「あと、庭に家を建てるのに金もいるなぁ。少し仕事を引き受けてからしかないか」

将人は腕を組んで計画を考え始めた。

「それはいいけど、お腹減ってない？」とモニクが口を挟んできた。

「へった～へった～！」

ルカはあっさり前言撤回して声を上げる。

「そう言えば、昼抜きで外回りに出かけたままだったな」

将人は今日の行動を思い返して今さらながら気づいた。予想外のことばかりで忘れていたのだ。

「どこかで夕食込みで食べてから、必要な物を買い集めるか」

そういうことで、三人は事務所兼住居を後にして、商店街の方へ戻っていった。

商店街を歩いていると、さっきよりも人通りが多くなってきたのが感じられた。夕食の用意を始める時間らしい。

「そうか。明かりがないから早いんだな」

将人は周囲を見回して気づいた。街灯なんて物がないから、陽が暮れたら明かりが松明くらいしかないのだ。当然、それまでに家事は済ませておかないといけない。

「ここなんてどう？」

モニクに声をかけられて、行きすぎようとしていた将人は慌てて足を止める。

軒先《のきさき》に掛けられた看板はグレッグの酒屋となっているが、酒を売っているだけではなく、どう見ても酒場だ。

「美味《おい》しそうな匂いがしてるね～」

ルカは鼻をクンクン鳴らす。

「酒場だぞ？」

将人は店内を見て思わず声を上げた。

「あんなに客が入ってるってことは料理も美味しいわよ」

「未成年のクセに酒場に入るなって」

「ミセイネンって？」

きょとんとした顔で将人を見るモニク。

「子供だってこと」

「ちっ、小さくって悪かったわね！」

禁句を口走ってしまったことに気づいたが、すでに遅かった。

「い、いや、そういうことじゃなくて……」

「小さいから子供だってバカにしてるんでしょ⁉」

「違うんだ！　僕の世界じゃ二〇歳になるまでは酒を飲んだらいけないって決まりがあってね。それでつい――」

「やっぱり私が子供だからじゃない！」

モニクは本気で声を荒らげると、将人に背を向けた。

「私は領主で結婚だって出来るし、小さくってもちゃんとやってるのに！」

足音も高く酒場に入っていくと、カウンターに向かって声を上げた。

「ミルク！　早く‼」

「いや、うちは――」

「なんなの⁉」

断ろうとしかけたマスターはモニクの表情を一目見て、慌てて料理用のミルクをカップに注いでカウンターに置いた。モニクはそれを一気に飲み干す。

「もう一杯！」

カップをどんっと置いて要求する。そこに将人とルカがやってきた。

「モニク、あっちのテーブルに行こう」

思いっきり引いている周囲の客に愛想笑《あいそわら》いを振りまきながら、将人はモニクに話しかけた。

「もう一杯飲むの！　ちょっとは大きくなるんだから‼」

「肉食った方がいいって！　ミルクじゃ胸が大きくなるくらいしか——」

「どうせ胸も小さいわよ！」

モニクは空のカップをカウンターに突き出す。

「まだっ⁉」

「あーあ、へそ曲げちゃったよ～」

ルカがため息をつく。

「肉！　食べるよ‼　早く！」

「わかったわかった！　適当に食い物を頼むよ。ついでにビール」

将人はマスターにそう言うと、モニクを抱えてテーブル席に移動した。

モニクはムスッとしたままイスに腰を下ろした。

「機嫌直しなさいって～」

「そうだよ。まだまだこれから大きくなれるって。僕なんかもう打ち止めだぞ」

「あたしなんてこれ以上大きくならないんだし～」

ルカと将人が交互に機嫌を取ろうとする。む～っと頰を膨らませたモニクが空のカップを握りしめたままふたりを見た。

と、その時、料理が運ばれてきた。

酒のつまみにもなりそうな煮込みやハム、ソーセージが多い。野菜はピクルスみたいな酸っぱいものや、ジャガイモみたいな芋をふかしたものだ。

さすがに冷えたビールではないが、出てきたエールをあおる。

「プハーッ！　この一杯の為に仕事してるんだよなー」

「って、仕事はこれからじゃない」

モニクは思わず笑ってしまった。

「そうでした」

苦笑を浮かべる将人。

「あー、怒ったらお腹減っちゃったわ」

モニクはバツが悪そうに笑ってソーセージを頬張った。パキッと小気味よい音が弾ける。

「うん、美味しい」

モニクが満足そうにうなずくのを見て、将人とルカはほっと安堵のため息をついて、ようやく夕食が始まった。

食事も終わりかけた頃、カウンターの奥からマスターが歩み寄ってきた。

「おまえらが傭兵派遣するっていうヤツらか？」

「ええ、そうですけど……」

さっきの騒動でなにか文句を言われるのかと将人は緊張した。

「もっとごつい連中かと思ってたが……」

マスターは将人とモニクを遠慮のない目で見ると、ひとつうなずいた。

「まあいいや。俺はグレッグ。ちょっと頼まれてくれないか？」

「仕事ですか⁉」

「まあ、仕事っていうほどのもんじゃないんだけどな。この間、飲みに来た客に、ツケを払うように説得してくれないか」

「ツケですか？　相手がわかってるなら自分で行った方がいいのでは？」

「そうなんだが、前に来た時に酔っ払ってたのか、暴れやがってな。結構強いんで、また暴れられたらかなわねぇからな」

「わかりました。で、その客の名前は？」

「アザミノ・ハレンっていって、商店街にある鍛冶屋の店主だ」

「鍛冶屋、ですか」

将人の目がきらんと光る。

「わかりました。任せてください。それと料金ですが」

「今日の飲み食いでチャラにしよう」

「やった～！」

歓声を上げるルカ。しかし、将人はかぶりを振った。

「いえ、こういうことは最初が肝心です。たとえ少額でもお金を頂きます」

「ふむ、わかった。おまえ、商売人の顔してるな」

「いえ、普通の企業戦士ですよ」

ぽかんとするグレッグを横目に、将人はモニクに視線を向ける。

「予定変更だ。買い物の前にこっちの仕事を片づけよう」

将人は最後のベーコンをつまんで口に放り込むと、席を立った。


鍛冶屋は商店街から少し奥に入ったところにあった。騒々《そうぞう》しい仕事だけに、表通りでは邪魔なのだろう。

「ひょっとしてアレじゃない？」

店先に立つ女性を示すモニク。

「なんか、危ない人みたい……」

ルカが声を潜《ひそ》めて言うのも無理はない。抜き身の剣、いや、刀を凄い勢いで振り回していたのだ。

「あのう、すみません」

刀が届かない距離から、将人は恐る恐る声をかけた。

「ん？」

振り向いた女性は将人と同じくらいの年齢だろうか。結い上げた髪が激しい動きでぱらりと額《ひたい》に垂れかかり、色っぽい。おまけに着物に近いデザインの服を着ているが、将人が思わず凝視してしまうほど胸元が開いていた。

「社長？」

モニクが将人をにらむ。将人は慌てて咳払いをして確認する。

「鍛冶屋のアザミノさんですか？」

「ああ、そうだが？」

低く力強い声が返ってくる。敵に回したら手強そうだなと思いながら、将人は用件を切り出した。

「実は酒屋の店主のグレッグさんから、ツケを払うように言われてきまして……」

「グレッグんとこか……。わかった。お金は今渡すよ」

「えっ、いいの？　お金があるなら自分で払いに行けばよかったのに～」

あっさりと承知され、ルカが拍子抜けした声を上げた。

「あの時は本当に飲み過ぎてたてねぇ。暴れちまったから、顔をあわせるのが恥ずかしくなっちまったんだよ」

恥ずかしそうに言うアザミノは本当に悪気はなかったようだ。

「行きづらかっただけですか……。では、これが請求書です」

将人はグレッグから渡された書類を差し出す。

「はいよ。悪いね」

アザミノは請求書を受け取ると、モニクに探るような目を向けた。

「ところで、ツケはいいとして……」

「なに？」

モニクはその視線になにを感じたか、硬い声で問う。

「そこの金髪騎士、良い剣を持ってるね」

「へぇ……。私の剣に目をつけるとはやるじゃない。でも、残念ね。これは普通の剣よ」

モニクは長剣を抜いてみせた。

「いや、その剣先の消耗《しょうもう》は普通じゃない。剣自体が業物《わざもの》か、腕前がいいかのどちらかだ。あんた、傭兵だろう？　力尽くでツケを回収することも考えていたはずじゃないかい？」

「いや、そんなことは――」

慌てて否定した将人を、モニクが遮る。

「あなた、戦う気？」

「ふふ……。剣の価値と本質は戦いの中でのみ見えるからな」

アザミノは刀を一振りした。

「ええーっ!?　せっかく穏便《おんびん》にいけると思ってたのに……」

将人は悲鳴を上げる。

「言っておくが、私は頑固だからな。こうなったらもう止まらないよ？」

「仕方ないわね。相手になってあげるわ」

「そうこなくちゃ！」

アザミノは振っていた刀をクルリと回して腰の高さに構える。

「なんだか面倒な流れになっちゃったね……」

ルカは呆れ声を上げ、将人は困った顔でふたりを見るしかない。

「やめてくれよ。僕は剣よりペン派なんだけどな……」

傭兵会社の社長とは思えないセリフを吐く将人に構わず、モニクはやる気満々で長剣を構えた。

最初は軽く手合わせをするのかと思ったが、いきなりモニクは斬りかかっていった。

カンッカンッと金属同士がぶつかり合う音が弾ける。

「凄い……」

将人は目を見張ってつぶやいた。

互いの剣技は正反対と言っていいほど違う。綺麗な構えから大きな剣を振って力で圧すタイプのモニクに対して、構えらしき構えもなく、乱暴と言ってもいいほどのスピードで日本刀を振り回すアザミノ。

モニクが振り下ろした渾身の一撃を紙一重《かみひとえ》でかわし、アザミノは反撃に転じる。隙があるように見えたモニクだが、それも作戦のひとつだったのか、アザミノが薙《な》いだ刀はモニクがさっと立てた盾に阻まれた。

ガンッと金属同士が激突する。

アザミノもそれで終わるわけがないとばかり、返す刀で袈裟掛《けさが》けに斬り下ろす。モニクは反射的に後退してそれをかわした。

ようやく、ふたりの間に距離ができた。

「強いね。どうやら腕前が良かったようだ」

フッと笑ったアザミノは満足したように刀を引き、半歩下がって鞘に収めた。

「あなたこそ。ここまでやれるとは思わなかったわ」

モニクも心底感心していた。

「戦場経験は長いからね！　楽しかったよ。ほら、これがツケの金だ。受け取りな」

アザミノは布の小袋をポンと投げ上げた。

「ありがとうございます」

将人は小袋を受け取った。ズシリと重い袋のヒモをほどいて中を改めると、ぎっしりと硬貨が入っていた。

硬貨を一枚つかんだ将人はそれを凝視したまま固まってしまった。そのまま、無言で袋をモニクに突き出す。

「どうしたの？」

怪訝《けげん》そうなモニク。

「……確認……してくれないか」

「ええ～？　計算出来ないの？　それでお店やっていけるの～？」

ルカがバカにしたような声を上げる。

「計算が出来ないんじゃなくて、これ一枚の価値がわからないんだよ！」

将人は硬貨を突きつけた。

硬貨には一〇円などと金額が書いてあるわけでもなく、誰だかわからない人物の横顔と文字だけ。単位もまったく見当がつかないのだった。言葉は理解出来ても、こういう知識はゼロのようだ。

「わかった。やってあげるわよ」

モニクはそう言うと、硬貨を数え始めた。しばらくして驚いたように声を上げた。

「ピッタリだわ」

多分、いつかは払おうと用意していながら、気まずくてずっとそのままになっていたのだろう。

これは、と将人は思う。戦闘経験に加えて鍛冶の腕、それに見た目に反して義理堅い性格。得がたい人材ではないだろうか。

「さすがはモニク当主！」

「フフン。当然よ！」

ルカとモニクが笑いながらハイタッチするのを横目に見ながら、将人は意を決してアザミノに声をかけた。

「アザミノさん、今の仕事に満足されていますか？」

「なんだい、藪《やぶ》から棒《ぼう》に」

アザミノは驚いた顔で聞き返した。

「あなたを我が社の装備開発室担当として迎え入れたいんです」

「ええっ⁉」

驚いた声はモニクとルカだ。

「ちょっと、いきなりじゃない？」

「いや、優秀な人材はその時に声をかけないと、他に取られてしまうからね」

モニクに答え、アザミノに向き直る。

「あなたの強さと、鍛冶屋としての能力は魅力的だ。ぜひとも僕の会社に来て欲しい」

「へえ、私をねぇ。その装備開発室ってのはなにをするところなんだ？」

「鍛冶をするんです。仕事は今と変わらないはずですよ。傭兵の依頼もあるので、戦闘の機会もあります。いずれ、会社の敷地に鍛冶場も造りたいんですが、それまではここで仕事をされても構いません」

将人はそこまで一気に言うと、最後に勢い込んで頭を下げて手を差し出した。

「僕のところに来てください！」

沈黙の後、少し困ったような声を上げたアザミノの頬は少し紅潮《こうちょう》していた。

「……男にそんな真剣な顔で迫られたのは初めてだね」

「え？　あ、いや、そういうつもりじゃないんですが……」

自分がとんでもないことを口走ってしまった気がして、将人はしどろもどろになる。

「あんた、酒はいける口かい？」

「え？　それなりに。さっきもエールを飲んできましたけど……」

「よし！　装備開発室とやらの担当になってやるよ」

アザミノの返答に将人は思わず彼女の手を握りしめた。

「ありがとう！　アザミノさんがいれば頼もしいよ‼」

驚いたせいか、アザミノの頬がまた少し赤くなる。

「アザミノさんはやめてくれよ。もっと普通に接して欲しいね。逆に恥ずかしいだろ？」

「わかった！　よろしくな、アザミノ！」

「こちらこそ。一緒に酒が飲める相手ができて嬉しいよ」

アザミノが楽しそうに微笑《ほほえ》む。

「わぁ！　凄い人を採用できたね！　さすが社長‼　ね、モニク？」

ルカが歓声を上げて同意を求める。

「そう、ね」

モニクは嬉しそうな微笑みを浮かべながら、将人と並んで立ってちょうどよい身長差になるアザミノの姿を見て複雑な表情になった。

2章 街のお手伝い

1

「社長さん、材木運んでおきました。次なにかありますか？」

ツインテールの女の子が額《ひたい》にうっすら汗を浮かべて社長室に顔を出した。

「テレージア、休んでいいよ。さっきから働き続けてるだろ」

将人《まさと》が空いているイスを勧めようとすると、女の子はかぶりを振った。

「いえ、そうは参りません。雇《やと》って頂いている限り、時間内はきっちりと働かせて頂きます。それがひいてはヴィーク流斧術《りゅうふじゅつ》の評価を高め、流派を広げることに繋がるのですから」

生真面目《きまじめ》な表情で言うテレージアに圧されて、将人はうなずいた。

「そ、そうか。でも、体を壊してしまったら元も子もないから、無理はしないでくれよ」

「わかっております。ご心配ありがとうございます」

テレージアはぺこりと頭を下げ、

「それで、次はいかがしましょう？」

「あー、それじゃ、庭のアザミノを手伝ってくれるかい」

「了解しました」

テレージアが小走りに出ていくと、入れ替わるように当のアザミノが事務所にやって来た。

事務所のソファで縫《ぬ》い物をしていた青いヴェール姿の女の子に声をかける。

「悪い、クレア。傷治してくれないか？」

「どうしたんだ？」

将人が社長室から出て声をかけると、アザミノは左手を掲《かか》げて見せた。

「慣れない大工仕事で指切っちゃってね」

人差し指からぽたぽたと血が流れている。

「あ、はい！　ちょっと待ってくださいね。治癒《ちゆ》魔法をかけますから」

三つ編みにした髪を左右に垂らしたクレアが急いで駆けてきて杖をかざした。淡い光がアザミノの手を包み、あっという間に傷が塞《ふさ》がっていく。

「助かったよ」

「そんな……私にはこれくらいしかできませんから……」

そばかすのある頬《ほお》がかすかに赤く染まる。

「いやー、充分助かってるさ。なあ、社長？」

「もちろんさ」

アザミノの言葉に将人がうなずくと、クレアの頬はさらに赤くなった。

将人が会社を立ち上げてから二日。

アザミノが入社してくれたり、情報屋のブックマンが募集情報を流してくれたせいもあり、傭兵《ようへい》の応募がぽつぽつと来るようになってきた。中にはどう考えても使えないような人もいたので、仕方なく引き取ってもらったが……。

将人がこの世界に来て一番驚いたのは魔法の存在だった。呪文《じゅもん》を唱《とな》え、炎や氷を飛ばして攻撃、あるいは傷を治す。そんなことが実際にあるとは思いもしなかった。

そんな中、なんとか契約に至った新人ふたりは戦闘そのものは初心者といっていいが、有能な人材だった。

テレージア・ヴィークは斧使いの戦士。

クレア・ダーシーは治癒魔法が使える。

「それにしても……」

将人は周囲を見回してつぶやく。

「かわいい女の子ばっかりだね～」

楽しそうにルカが後を引き取った。

「それは私も含んでのことだよな？」

アザミノがルカに笑みを向ける。

「も、もちろんだよ～」

ルカは慌《あわ》ててコクコクとうなずく。

「いいんだよ、無理しなくて。私なんかがさつで、仕事一辺倒の大酒飲みだからさ。男どもは見向きもしない」

これ見よがしにため息をつくアザミノに、将人はなだめるように言う。

「そんなことないだろ？」

「じゃ、社長が相手してくれるかい？」

真顔で言われ、将人は答えに詰まってしまった。

「やだねぇ。冗談だよ。でも、今度酒を飲みに行くくらいはいいだろ？」

「それはもちろん」

「約束だよ」

そう言ってアザミノは仕事に戻っていった。

「社長って、意図的に好みの女の子を選んでるんでしょ？」

ずっとイスに座っていたモニクが冷たい横目で将人を見る。

「そんなことないよ。だいたい、応募者自体が女の子の方が多いし、男は使えそうもないのばっかりだったし……。応募者はモニクも見ただろ？」

「それは確かにそうだったけど」

「まあ、僕も戦闘要員としては使えないけどね」

「社長はドンとしてくれたらいいからさ〜」

「お怪我《けが》されたらって思うと不安ですから」

ルカの言葉にクレアも同調する。

「みんな、心配してくれてありがとう。僕はいい社員たちに恵まれたよ」

「怪我なんかされたら会社の事務する人がいなくて困るからよ」

「そっちかよ！」

モニクのセリフに将人は思わず左手で突っ込みを入れた。

その手がモニクの胸に触れる。

「あ……ゴメン！　つい、いつもの調子で」

「いつもそうやって胸をさわってるわけ？」

「じゃなくて！　これは突っ込みといって関西お笑い界では定番の手法でして、決してやましい気持ちでですね、やったわけでは……」

「そうよね。私の胸なんてさわる価値もないものね」

「そんなことないから！　大きさだけがすべてなんてのは勘違《かんちが》いも甚《はなは》だしい思い込みであって、本当に大事なのは形、そして、弾力であって、さわってみて、じゃない、さわっちゃダメで、見て、あ、そんなジロジロ見たわけじゃないけど、だから――」

むくれてしまったモニクに思いつく限りの言葉をかけながら、次第に無茶苦茶になっていくのを自分でもどうしようもないと思う。

なんで、年下の女の子相手にこんな必死になってるんだろ？

心の隅で思ったが、それどころではない。

ちらっと横目で見たモニクの表情は必死になにかをこらえているように硬直《こうちょく》したまま。ひょっとして笑いをこらえてるのか？

そう将人が疑った時だった。

「こちらが何でも屋かね？」

玄関ドアが開いて、老人が入ってきた。

「あ、いえ、傭兵派遣会社ですが」

モニクにちらっと視線を向けて、将人は腰を浮かした。

「なんでもやってくれると聞いたんで頼めねぇかと思ったんだが……」

「仕事!?」

ルカが歓声を上げる。

「どうぞどうぞどうぞ」

将人は老人にソファを勧めると、テーブル越しに身を乗り出した。

「で、なんでしょう?」

「ワシは農夫でな。エリオットという。畑をやっとるんじゃが、せっかく育てた野菜をボトルスライムの群れに食い荒らされておる。このままじゃ売るどころか、ワシらも食っていけん。もう年だから、あんたらに退治してもらえんかな」

「ボトルスライム?　スライムなら知ってるけど」

「捨ててあったボトルを殻《から》の代わりにしとるんじゃ。厄介なヤツでな」

「なるほど。ヤドカリみたいなもんか」

「どうですかな?」

「やりましょう!」

モンスターだろうが戦闘なら傭兵の出番だと、将人は勢い込んで返事をした。

「最初の仕事にはいいと思う」

モニクもそう言うと、社員たちに伝えに行った。結局笑っていたのかどうかはわからないままだ。

その間に将人は報酬《ほうしゅう》を取り決めた。全員が揃ったところで、モニクが将人にマントを差し出す。

「社長、これ」

「ああ、ありがとう」

受け取って広げた瞬間、妙なものが目に入った。昨日まではなかったはずのもの。

「なんだぁ⁉」

広げたマントの背中に大きく『社』と刺繍《ししゅう》してあった。

「カッコイイでしょ！」

ルカが胸を張って言うのを聞いて、将人は思い出した。昨日、ルカが社長っていう字はどう書くのか尋《たず》ねてきたのを。

「全員からのプレゼントなんだよ！」

「そ、そうか。みんな、ありがとう……」

微妙すぎるプレゼントに将人は肩を震わせた。悪気があるわけじゃないんだ。外人がおかしな漢字の入ったTシャツをカッコイイと思って着てるのと同じなんだ。そう思い込むことにした。

「さ、さあ、初仕事だ」

将人が上げたかけ声はどこか微妙に震えていたのだった。

畑に到着すると、そこには一〇匹ほどのボトルスライムがいた。大きさは三〇センチから五〇センチ。確かに大きなボトルにぶよぶよの体を突っ込み、もそもそと動いている。

「食べてるね～」

ルカが言うように野菜を猛烈な勢いで平らげている。

将人は初めて見るモンスターに及び腰だったが、予想よりも凶暴そうに見えないので安堵《あんど》した。

「まあ、確かにモンスターだけど、でかいカタツムリだと思えば……」

「皆さん、来ます！」

テレージアが声を上げて斧を構えた。

「戦闘開始！」

将人は慌てて命令する。

「社長は下がってて！」

モニクに言われ、将人はすごすごと後ろに待避した。ヒノキの棒くらい持ってきた方が良かっただろうかと思ったが後の祭り。

まずはモニクが長剣で斬りかかって戦闘が始まった。

一匹がザクッとボトルごと両断されたことで、他のボトルスライムが自分たちに迫る脅威《きょうい》に気づいた。モゾモゾと接近してくる。

そこにアザミノとテレージアが突入。

「これはクレアの出番はないかな」

将人が後ろからつぶやいた。

実際、ものの数分でボトルスライムはグシャグシャの緑色の粘液《ねんえき》に成り果てた。

「とーぜんの勝利っ！」

モニクが歓声を上げて引き返してこようとする。

が、それだけでは終わらなかった。背後からさらに一〇匹ほど現れたのだ。

「うわっ⁉　二回戦もあるの⁉」

慌てて剣を構え直すモニクたち。

将人はさっきと違う点に気づいた。さっきのは緑色だったたが、今回のはオレンジ色だ。

「あれはマグマボトルスライムだよ！　ちょっと強いから気をつけな‼」

アザミノが叫ぶ。

「触れられたら火傷《やけど》するわ。気をつけて！」

モニクが声を上げる間もなく、突進してくるマグマボトルスライムをかわそうとしたテレージアが足を押さえて小さく悲鳴を上げる。

「熱っ⁉」

「突っ込むだけじゃなくて、横の動きも気をつけて！」

「は、はい！」

テレージアは斧を振り下ろし、マグマボトルスライムを叩き伏せた。すぐに横に逃れて粘液を避ける。

「治しますね！」

クレアが治癒魔法を唱え、テレージアの足の火傷は瞬時に治った。

アザミノは我流なのだろうが目にも止まらない刀捌《さば》きで斬り捨てていく。テレージアは真正面から突っ込み、斧を振り下ろす。モニクは盾を使って粘液から身を守りながら一撃必殺の斬撃を繰り出す。三人の動きは三人三様でまったく違う。乱暴・真っ正直・華麗という感じだろうか。

「これで最後！」

モニクが斬り下ろした剣をVの字に跳ね上げ、マグマボトルスライムを片づけた。

「今度こそ終わりました！」

スライムの粘液まみれになりながら、三人は戻ってくると、エリオットに報告する。

「おお、凄いな！　こんなに早く片づくとは思いもせなんだ。これは礼じゃ」

そう言ってエリオットは金と共にカゴ一杯の野菜を将人に渡した。

「わあ、凄い立派な野菜！」

ルカが歓声を上げる。

「あんたらのことは皆に紹介しとくよ」

「よろしくお願いします！」

将人は営業用ではなく、本気で感謝の礼をした。

「さすがはプロのボトルスライムハンターじゃな！」

「い、いや、それ専門ってわけじゃ……」

慌てて否定した将人だが、エリオットは聞こうとせずに笑いながら畑仕事に戻っていった。

「早く帰って風呂に入って着替えたいね」

顔をしかめながら、アザミノは素肌もあらわな胸元にべっとりとついた緑の粘液を指でぬぐい取った。


それからしばらくの間、農夫だけでなく牧畜業者から都市管理局に至るまで様々な人から依頼を受け、様々な場所でボトルスライムハンターとして狩りまくる日々になった。

農夫たちのネットワークがとても強いというのはわかったが、全員粘液まみれになりながらの仕事にうんざりしてきた。

そんな状態だったから、美食家のエルビスから依頼が来た時には大歓迎だった。

「私はどうしてもひよこうもりの肉を食してみたい。そこで君たちに、ウンブル渓谷《けいこく》の洞窟に生息するひよこうもりを狩ってきて欲しい。できるかぎり早く頼む。私はこのために朝からなにも食べておらんのだ」

エルビスは大きな腹を突き出してそう言った。

「ひよこうもりでもなんでもボトルスライム以外ならなんでもいいです……」

テレージアがかわいい顔をうんざりさせて言う。戦闘スタイルのせいで一番粘液をかぶる量が多いのだ。

「それじゃ、ひと狩り行くか！」

アザミノが声を上げて席を立った。

ウンブル渓谷までは二時間ほどで着いたものの、洞窟を探すのに少々時間がかかった。あちこちに洞窟があって、どこにひよこうもりがいるのか突き止めなければいけなかったからだ。

発見したら狩り自体は簡単なものだった。が、今度は粘液ではなくて洞窟に敷き詰められたフンまみれになってしまった。

「あれ、美味《おい》しかったんでしょうか？」

クレアが顔をしかめながら言う。

「あれだけ生きが良かったんだから、美味しく召し上がってくれたんじゃないかな」

将人が言う。

「美味しいってわかったら、もっと獲《と》ってこいって？」

「まさかですよ！」

クレアは顔を青くして否定した。顔の大きさほどもあるひよこうもりがキイキイ鳴きながら自分に向かって一直線に飛びかかってきたのを思い出したようだ。

「まあ、美食家が腹を壊したって情報がないんだから、死んだってことはないんじゃないかい」

アザミノの言葉に、将人はそうであって欲しいと思った。

2

「あのー、すみません」

ある日の午後。昼食が終わって、事務所のイスに座ってなんとなくだらけていた将人は玄関からの声に顔を上げた。

「ここは何でも屋でもなければスライムハンターでもありませんよ」

ここ数日のお決まりになっていたフレーズを口走る。

「あのー、護衛じゃダメですか？」

「護衛？　傭兵が必要ですか？」

「はい」

返事を聞いた途端、事務所にパッと花が咲いたようになった。

「いらっしゃいませーっ！」

「お客様一名様ご案内ー！」

「お茶とお菓子出してっ！」

「こちらのソファにお座りください！」

次々に現れた社員が総出で客をお出迎えする。将人と同じ年頃の女性は驚いて、目をクルクルさせて、ソファにちょこんと腰を下ろした。

「で、ご依頼はなんでしょう？」

将人は勢い込んで尋ねた。

「あのー、実は主人と一緒に商売やってまして、隣街まで商品を運ぶ予定なのですが、最近街道に盗賊《とうぞく》が出るという話で護衛をお願いしたいのです」

「お店では傭兵は雇っていないのですか？」

「ふたりいるのですが、他の仕事に出ておりまして、人手が足りないのです」

「なるほど。わかりました。護衛任務引き受けさせていただきます」

「やったーっ！」

全員が歓声を上げて飛び跳ねる。

「あ、あのー」

思いっきり不安そうな面持ちの商人夫人。若い女の子ばかりで、はしゃいでいたら不安になるなという方が難しいだろう。

「大丈夫です。任せてください」

将人は胸を張って答えた。はったりではない。相手がボトルスライムとはいえ、連携《れんけい》がよくなってきたのは端から見ていてもわかった。これなら盗賊相手でも問題ないだろうという自信もあった。

「……では、他に当てもありませんし、よろしくお願いします」

商人夫人はそう言って消極的ながらも護衛の依頼をした。

依頼は隣街のネイボリアまで往復の護衛だ。

早朝に出発して、目的地に着くのは夕方になる。馬車で一日がかりだ。馬車と言っても一頭立てで、幌《ほろ》の掛かった荷車を引っ張るので、ゆっくりと歩くのと同じスピードで進む。距離にすると四〇キロくらいだろうか。

「これだとどうぞ狙ってくださいって感じだね」

将人は馬車の後ろを歩きながら不安そうに言う。

「大丈夫だよ～。あたしが空から見てるからさ」

ルカが馬車の幌の上から声をかける。

配置は前方にアザミノとテレージア。後方にモニクとクレア、それに将人だ。商人夫人は馬車の御者台で手綱を持っている。

さすがに身を守るくらいはしないといけないなと感じた将人は短剣をアザミノに造ってもらった。もっとも、使い方はモニクとアザミノに特訓してもらっているが、まだまだ実戦レベルではない。というか、使いたくないというのが本音だ。

「出番がないまま終わりますように」

将人は誰にともなく祈った。

それが通じたのか、何事もなくネイボリアに到着した。フルマラソンの距離を歩いたという、元の世界にいた頃からすると、結構な運動をしたような気がするが、こちらでは当たり前の日常なんだろう。

「なんか、呆気《あっけ》なかったね～。こんな簡単なら楽に儲《もう》けられるよね～」

ルカが幌の上で伸びをして声を上げた。

「ルカは楽よね。飛んでるだけでいいんだから」

モニクが言うと、ルカは言い返した。

「ちゃんと見張りやってたもんね～」

「馬車の上で寝てなかったか？」

将人がニヤッと笑う。

「ね、寝てないよ～！」

慌てて全力で否定するルカに、全員声を上げて笑った。

馬車は取引先の商店に向かい、荷物を下ろし始めた。

「それで、帰りは明日早朝ですね？」

書類にサインしてもらった将人は商人夫人に確認する。

「はい。こちらで新しい荷を積んで明朝戻ります。店の方で荷を積んでおきますので、宿でお休みください」

「わかりました。では、明日朝に」

頭を下げて、将人は四人とルカを連れて街の中に向かった。

すでに陽は傾き、もう一時間もすれば暗くなるだろう。

「あー、お腹減った～！　モニク、ご飯にしようよ～」

ルカが将人の肩に飛び乗ってお腹を押さえる。

「賛成ね。どこかで食事をしてから宿に行きましょう」

「ついでに軽く飲んでいこう、社長」

さっそくアザミノが宴会モードになっている。

「まだ仕事中だよ」

「もう終わっただろ？　すぐそこに美味しい酒場があるんだ」

将人はゴクリと喉《のど》を鳴らしたが、いやいやと首を振る。

「帰り着くまでが仕事だ」

「堅いねぇ。まあ、そこが信用できるところだけどな」

アザミノは将人の背中をドンと叩いた。

夕食はノンアルコールでタコスのような物を食べ、商人が取っておいた宿に向かった。

が、順調だったのはそこまでで、事件は起きた。

「え？　部屋がひとつしか取ってない？」

将人は思わず声を上げた。

「はい。四人様だとうかがってましたので」

「じゃ、一人部屋をもうひとつお願いします」

「それが、あいにく満室でして」

「それじゃ、他の宿に当たってみるか」

「この街の宿はウチだけでして……」

宿屋の主人は困ったような顔で将人を見る。

「ど、どうしよう？」

将人がうろたえながら四人を振り向くと、モニクがあっさりこう言った。

「いいじゃない。一緒で」

「ええっ⁉　い、いや、それはマズいだろ！」

うろたえる将人はスルーして、モニクはテレージアとクレアに尋ねる。

「社長ですから、構いませんよ」

こういうことに厳格そうなクレアまであっさりＯＫする。

「い、いや、それはちょっと……」

「グダグダ言わない！　ほら、行くよ」

アザミノに強引に腕を取られて、将人は二階に向かう。

部屋には四つの小さなベッドがあり、それでほとんど埋まっている。宿屋は寝るだけのスペースがあればいいということだろう。

「僕はここでいいよ」

将人はベッドの間にあるわずかなスペースを指さした。

「社長さんを床に寝させるなんて、そんな失礼なことできません」

テレージアがとんでもないと首を振る。

「社長、こっち空いてるよ」

ベッドに寝転んだアザミノが毛布をめくり上げて誘ってきた。ちらっと太股《ふともも》が見えて将人の目がくぎ付けになる。

「私が床に寝るわ。社長はベッドで寝ていいから！」

いきなりモニクが将人の腕をつかんで、アザミノとは対角線上のベッドに引っ張っていった。

「いや、モニクは明日もある。ベッドで休んでくれ」

「でも……」

モニクはちらっとアザミノの方を見たが、将人はそんなことには気づかず口調を少し強くした。

「これは社長命令だからね」

「……わかったわよ」

モニクは最後にはうなずき、黙ってベッドに潜り込んだ。

将人は宿屋の主人に毛布を数枚借り、床に敷いて横になった。

ランプを消すと四人の女の子の寝息だけが聞こえてくる。手が届くほど近くで四人もの女の子が無防備で寝ているというのは初めての経験だ。

こんな状態で寝られるわけないだろ……。僕って男だと見られてないのかもなぁ……。

女の子たちの安らかな寝息を聞きながら、将人は内心で長々とため息をついた。

そんな情けなさも手伝って、将人は一睡も出来ないまま朝を迎えた。

「……まぶしい」

朝日がいつも以上に強烈に目に刺さる。

将人は出発準備の進む馬車を見ながら目をしょぼしょぼさせた。まるで、サラリーマン時代に飲み過ぎた翌朝のようだ。

「社長、目が赤いけど大丈夫？」

モニクがいきなり顔を近づけてきて、将人は慌てて顔を背けた。

「ちゃんと休めたの？」

「ま、まあね」

寝られるわけがないだろうがと言いたいところだが、これも精進《しょうじん》が足りない自分のせいだと言い聞かせ、将人はアクビをした。

「ねえ、クレア、社長の体を癒《い》やしてあげられる？」

モニクの癒やすという言葉に思わず邪《よこしま》な想像をしてしまったのは寝不足のせいだろう。

「はい、もちろん大丈夫ですよ」

神々しいほどの笑顔で応えたクレアに罪悪感を覚えながら、将人は首を振った。

「いや、いいよ。大事な魔力だ。そんなことのために使うのはもったいない」

「自分の体をちゃんと管理するのも社長の仕事じゃないのかい？」

アザミノに指摘され、将人はぎこちない笑みを浮かべた。まさか単なる寝不足で、その理由が興奮して寝られなかったからなんて口にするわけにはいかない。

「ま、まあ、そうだね。でも、本当にたいしたことないから。ダメそうなら早いうちに言うよ」

「絶対ですよ？」

「わかった」

将人はバツの悪い思いをしながらクレアに応じた。

「では、もう一日よろしくお願いします」

積み込み終えた荷を確認した商人夫人が将人たちに小さく頭を下げる。

「任せてください。ようし、それじゃ行くか！」

馬車はアルカレイアに向けて進み始めた。


異変が起こったのは草原の真ん中に入った時だった。

「注意しなよ。草むらに何人か潜《ひそ》んでる」

「え？」

アザミノに言われて将人は草原を見渡した。しかし、なにか怪しいものどころか、草と岩以外のものが見えない。それほどなにもない真っ平らな草原だ。腰ほどの高さの緑の草。所々に茶色の岩が顔を出している。時折風が吹いて草が一斉になびく。

「どこですか？」

将人が尋ねた時だった。

スコンッ！

軽い音がして将人の目の前をなにかが飛び去り、馬車に突き刺さった。

「へ？」

なんだろうと見ようとした将人はアザミノに頭を押さえつけられ、有無を言わさずに地に伏せさせられた。

「敵襲！」

アザミノが叫びを上げる。

「馬車の反対側へ！」

将人は身を低くしたまま馬車を回り込もうとした。そこへまたスコンッとなにかが馬車に突き刺さる。

深々と突き刺さった矢が震えていた。

「……ひょっとして、僕って矢で貫かれる一歩手前だったのか？」

「そういうこと」

あっさりとしたアザミノの返事に真っ青になる将人。膝《ひざ》がガクガク震えて上手く動けないのを、アザミノが引きずるようにして馬車の反対側に移動した。

すでに御者も含めて全員がそこにいた。

「怪我人は？」

「大丈夫」

アザミノの問いにモニクがすぐに応じる。動じることもなく、堂々としたものだ。慣れているのだ。

「下手なシューターで助かったわ」

笑うモニクだが、その目はまったく笑っていなかった。

「ここにくぎ付けにするだけじゃ意味がないから、そろそろ来るよ」

「さっそく五人、来たよ～」

ルカが馬車の上から報告する。

「矢に注意して。迎撃するわよ」

モニクは剣を抜くと将人を振り返った。

「社長はお客さんと荷物をお願いね」

「わわわ、わかった」

将人はうなずくしかない。それでも付け加えるのは忘れなかった。

「気をつけろよ！」

「ワロキエ当主の力を見せてあげるわ！」

モニクは不敵に笑って駆け出した。

敵は五人の盗賊。得物は長剣。

あれっとモニクはいぶかしむ。盗賊にしては装備が揃っているからだ。普通、盗賊は奪った装備から好きな物を使う。同じ物が揃っているってことは、そんな大きな武器商人を襲ったのか、それとも……。

そこに長剣が襲いかかってきた。

モニクは盾で攻撃をそらし、長剣を振るった。相手の革製胸当てを切り裂く。

「このチビがっ！」

「悪かったわねっ！」

モニクは反射的に言い返し、盾で顔面を張り倒した。

ぶげっと悲鳴を上げてのけ反った相手を押しのけるように次が来た。長剣がモニクの頭上から振り下ろされる。モニクの長剣でそれを受け止めたところに、アザミノが割って入る。

「もらった！」

刀が相手のがら空きの脇腹《わきばら》を駆け抜ける。

「私の相手よ？」

頬を膨らませるモニクにアザミノは顎《あご》をしゃくった。

「まだまだいるからあげるよ」

倒れていく盗賊の陰《かげ》から長剣が斬りかかってくる。

「私が相手いたします」

一声上げて、テレージアが振りかぶった斧を叩き下ろした。

あっという間に三人倒され、残ったふたりが気圧されて後退する。

「手強いぞ！　増援を呼べ‼　それまで足止めするぞ！」

盗賊が一斉に退き、笛を吹く。同時に矢が射かけられて、追撃を阻《はば》んだ。

「一旦戻るわ！」

モニクが瞬時に判断して三人は馬車の陰に駆け戻った。

「大丈夫か⁉」

将人は声をかけ、アザミノの太股から矢が突き出しているのに気づいた。

「アザミノ、刺さってるぞ」

「あれっ？　ああ、体には刺さってないよ」

慌てて矢を引き抜いたアザミノは服に空いた穴の方に気を取られた。

「あーっ、私のお気に入りだってのに！　許さないよ‼」

顔を出した途端、飛んできた矢がザクッと地面に突き刺さる。アザミノは危ういところで顔を引っ込めた。

「これじゃ出られないな」

将人は引きつった顔で弓を見る。

「私の斧術では役に立ちません。弓か魔法が使える人がいれば……」

「いない戦力のことは考えても仕方ないさ」

テレージアの悔しそうなつぶやきにアザミノが応じる。

「私が行くわ」

そう言ったのはモニクだった。

「無茶なこと言うな！」

「盾持ってるの私だけなんだから他に手はないでしょ」

すでに決まっていると言わんばかりのモニク。

「盾っていっても、そんな小さいのじゃ的になるようなもんじゃないか⁉」

将人は直径五〇センチくらいの円形の盾を示して、とんでもないと言う。

「私が小さいからこの盾でも充分なのよ。このまま足を止めさせて、他から攻めてくる気よ。いつまでもこうしてるわけにはいかないわ」

「でも、どこから攻撃してるのかわかるのか？」

「大丈夫。任せて」

自信たっぷりに言い切ったモニクに、将人も押し切られる。

「仕方ない。気をつけていけよ」

「と一ぜんでしょ」

自信に満ちた笑みを浮かべたモニクに、アザミノが声をかける。

「射手は三人。こっちに注意を向けさせてみるよ」

「頼むわ」

そう言うと、モニクは盾を構えて飛び出した。

馬車から出た途端、矢が飛んできた。モニクは視界の隅に矢を捕らえ、左腕の盾を払う。

カンッと乾いた音を立てて矢は盾に弾かれて飛ぶ。

モニクはそれで射手の隠れた場所を突き止めた。

身を低くして草の中に駆け込み、相手を見つけた。躊躇《ちゅうちょ》なく剣を振るい、相手を斬る。

「ひとり！」

モニクは声を上げた。

それを聞いたアザミノは馬車から飛び出した。

「こっちだ！」

叫びに応じて矢が放たれる。

アザミノは刀を一閃した。矢が真っ二つになって地面に落ち、ワンテンポ置いてモニクの声が聞こえた。

「ふたり！」

アザミノに矢を放ったことでモニクに居場所がわかったのだ。

「最後っ！」

草原からモニクの声が高らかに響く。

「さあ、もう手下はいないわよ？」

モニクが声を上げながら街道に戻ってくると、草原の中に突き出した岩陰から男がひとり現れた。

カミソリで切ったような細い目が特徴的な黒ずくめの男だ。

「キサマら……」

男は将人とモニクに向かって憎悪の声を向けた。

「え？」

驚いたのは将人も同じだ。これほど憎まれる覚えはない。

「キサマら、俺の邪魔をしたことを必ず後悔させてやるからな！」

男は叫ぶと駆けてきた仲間の馬に飛び乗って去って行った。その素早さにはアザミノも舌を巻くほどだ。

「なんてゆーか、月並みな捨てゼリフだったよね～」

ルカが笑う。

「でも、なんなんだろ、今のは？」

将人が首を傾げた時、

「あの～、もう大丈夫ですか？」

商人夫人がおどおどと馬車の陰から顔を出す。

「あ、はい、大丈夫です。馬車と荷物が無事か確認してから出発しましょう」

将人は突き立った矢を引き抜きながら、そう答えた。

なんとか傭兵らしい仕事もこなせそうだと、将人は安堵する。同時に弱点もはっきりした。

弓か魔法、どっちかの募集を強化しないとな。

ポスターとかチラシとか印刷できるんだろうか？　それとも、版画みたいなものしかないんだろうか？

調べてみないとなと、将人はメモに書き込んだ。

3章 傭兵会社の新人希望者

1

その日はなにもないのどかなのどかな日だった。

商人の荷物護衛に成功したせいもあって、仕事は順調に入ってきていた。四人の連携《れんけい》は仕事をこなす度によくなり、最近ではアイコンタクトだけで意思疎通《いしそつう》できるレベルになっていた。

問題としては、先の護衛任務でわかったように遠距離攻撃できる社員がいないことだ。何人か魔法使いの応募はあったが、いまいちな能力だったり、詐称《さしょう》だったり、素人《しろうと》の将人《まさと》が見てもわかるようなひどい人しかいなかった。

多分、魔法使いなんてのは絶対数が少ないんだろうなと、将人は思った。実際、こちらに来てから見たのは、クレアの使う治癒《ちゆ》魔法だけだった。

「社長～！」

と、ルカが社長室に飛び込んできた。ルカはドアを自力で開けられないため、壁の一部を丸くくりぬいて通り抜けられる窓を造ってある。

「どうした？」

「お客さんが来てるよ～」

「誰もいないのか？」

「モニクたちは仕事に行ってるよ？」

「ああ、そうか」

情報屋ブックマンから手紙を運ぶ依頼を受けたんだったと思い出す。帰ってくるにはもう少し時間がある。

仕方がないなと、将人はドアを開けて事務所に出た。

「はい、なんのご用で――」

言葉が出てくる途中で喉《のど》の奥に固まってしまった。ついでに体もドアを押し開けた姿勢のまましばし静止する。

そこにいた女性に見惚《みほ》れてしまったのだ。

美人というだけならモニクだってアザミノだってそうなのだが、落ち着いたレディというか高価なジュエリーが似合うような女性という意味では目の前の女性には敵わない。

加えて、傭兵《ようへい》会社なんていう場にはこれ以上相応《ふさわ》しくないものはないというくらい華やかな雰囲気がある。といっても、別に豪華なジュエリーを身につけているわけではなく、緋色の服に映える腰まで届く鮮やかな銀色の髪のせいかもしれない。

「雇《やと》ってくださいませんか？」

その女性の言葉も予想外だった。てっきり仕事の依頼かと思っていたからだ。

「え？　雇うって、ここは傭兵派遣《はけん》が専門ですが？」

「承知しておりますわ。私、ソーサラーなのです」

「ソーサラー!?」

願ってもない。が、詐欺まがいの応募者が多くいたのも事実だ。しかし、こんな美人なら多少詐欺でも……。

「社長～、顔がデレデレだよ」

ルカにからかわれて、将人は思わず咳払いした。

「それじゃ、履歴書《りれきしょ》をお願いします」

あまりにも詐称が多いので、先週から取り入れたシステムである。自己申告でもルカやモニク、アザミノならある程度見破れるし、書き方で性格がわかるという優れ物だ。

「シルヴィナ・フォーレンさんね」

ちらっと年齢に目を向けると、一八歳。自己申告とはいえ、若い。でも、肌の艶なんかは若く見えるのも事実だ。こっちの世界は化粧品《けしょうひん》で化けるのも難しそうだから本当なのだろう。

「魔法学校卒業……。魔法学校なんてあるのか？」

「へえ〜、凄いね。魔法学校っていうのは、教国ユグドラシルにあるって聞いたことあるよ」

感心した声を上げるルカ。

「ユグドラシルって？」

「アルカレイアから船で南に向かったところにある国。魔法が盛んみたい。いつか行ってみたいね〜」

「そうなのか。じゃあ、そっちで傭兵会社やってたら魔法使いばっかりってことになるのかな」

戦術の立て方がずいぶん変わってくるだろうなと、将人は考えた。

「そうかも。でも、社長ならどこに行っても女の子ばっかり採用するんでしょ？」

「ああ、もちろ——じゃない！　僕をなんだと思ってるんだよ」

将人とルカのやりとりを茫然《ぼうぜん》と見ていたシルヴィナがおずおずと声をかけてきた。

「あの……よろしいでしょうか？」

「は、はい。すみません」

将人はルカを軽くにらんで、シルヴィナに向き直った。

「これが卒業証書です」

シルヴィナは筒状に巻いた紙を差し出した。

「本物っぽいけど、詳しくはわかんないね～」

ルカが証書を間近で見て首を振った。

「サンダース教授に問い合わせていただければわかると思います」

「いや、そこまでする必要はないです。ええっと、その他特技は家事全般？」

傭兵の応募に書くには意外な特技に、思わず将人は確認した。

「はい。両親が早くに亡くなりましたので、祖母と暮らしてました。それでなんでも一通りこなせるように仕込まれました」

「なるほど。苦労されてるんですね」

「苦労だなんて思ったことありませんわ」

シルヴィナは薄く笑って首を振った。

「なんか、いい人だな。こんな美人なのに」

思わずつぶやいた将人にルカが耳打ちする。

「ほだされちゃダメだよ～」

「わかってるって」

ルカを押しのけながら、将人は三年前のリクルート時の面接を思い出して質問を投げかけた。まさか、こんなに早く立場が逆になるとは思いもしなかったが、経験が少しは役に立つ。

「どうしてウチに応募を？　ソーサラーなら専属で雇ってくれるところもあると思いますが？」

「女性がひとりですと、なにかと問題がありまして……。それで、こちらなら女性が多いとうかがいましたので」

「っていうか、女性しかいないけどね～。社長以外は」

ルカの突っ込みにシルヴィナは驚いた顔をした。

「そうなのですか？」

「うん、まあ、そうなったっていうか」

「社長の人望なのでしょうね」

シルヴィナはとろけるような笑みを浮かべた。

「いや、そんなことは……あるのかなぁ。あはは」

将人は照れ笑いを浮かべながら後頭部に手を伸ばした。

「また顔が崩れてるよ～。モニクがいたら殺されてるかもね～」

将人は慌《あわ》てて顔を修正するとイスに座り直した。

「とりあえず、得意な技を使ってみてくれませんか？」

「わかりました。室内では危険ですので、外でよろしいでしょうか？」

「もちろん。庭に訓練場があります」

将人が席を立とうとしたその時、

「ただいまーっ！」

モニクの声と共に玄関ドアが開けられた。入ってきたのはモニクを先頭にアザミノ、テレージア、クレアだ。

「いやー、迷ったねえ」

アザミノが笑いながら言うのを聞いて、将人は不思議に思った。そんなにややこしい場所じゃなかった気がするのだが。

「道に迷ったのか？」

「じゃなくてね。依頼された手紙がどんな内容なのかってみんな気になってさ。見るか見ないかで迷っちゃってねぇ」

思わず将人の顔が強ばる。

「まさか……見たのか？」

「結局、多数決で見ないことに決まったんだけどさ」

アザミノの答えに将人は大きく息を吐き出した。

「……よかった。見てたら仕事が来なくなるぞ」

「そうなのか？」

アザミノが意外そうな顔をする。

「当たり前だろ！　信用第一だ!!　あんたは客の注文で打った剣を自分で使うのか？」

「そりゃ当然だ。試し切りして斬れ味を確認しないといけないだろ？」

なんの疑問もなく答えるアザミノに、将人はうなだれた。そもそも比較する商売が違いすぎた。肩を落としたまま、将人はついでのように尋《たず》ねる。

「ちなみに多数決の結果は？」

「一回目が二対二で、やり直して一対三だった」

「……危なかったな。信用がなくなるところだった。僕も行くべきだったのか」

将人は真剣に頭を抱えたくなった。

「それで、社長。お客さん？」とモニク。

「ああ、そうだった。ちょうどいいところに帰ってきたな。これから実技試験をするところだったんだ。見てあげて。僕よりもキミらの方がいいだろ」

「傭兵応募者だったの？　クレリックとか？」

モニクは意外そうな顔でシルヴィナに訊く。

「え？」

仕事を取られるかとクレアが不安そうな顔でシルヴィナを見る。

「いや、ソーサラーだそうだ」と将人が答えると、クレアは安堵《あんど》の表情を浮かべた。

「ソーサラー？　前に来た人はひどかったよね」

「そうそう、火をつけるのに一時間かかってたし」

モニクの言葉にルカが思い出して笑う。

「それじゃ訓練場に行くぞ」

将人は全員を中庭に移動させた。

崩れそうな小屋しかなかった中庭にはこの一ヶ月足らずの間に社員の寮が出来ていた。今はテレージアとクレアが住んでいる。モニクは会社の二階。アザミノは自分の家があるからそこからの通いだ。さらにアザミノの鍛冶場《かじば》を造っているところで、そのふたつに挟《はさ》まれる形で訓練場があった。

「どうすればよろしいでしょうか？」

訓練場に来ると、シルヴィナが尋ねる。モニクが一〇メートルほど離れた人形を指さした。剣の訓練に使っているわら人形だ。

「まず、あの的に当てて。それから、隣りの的に連続して当てるの。できる？」

「わかりました」

シルヴィナは杖を取り上げ、かぶせていた布を取り払う。

「えっ⁉　それ、杖？」

皆が目を見張ったのも不思議はない。ソーサラーの杖というイメージからはほど遠い無骨《ぶこつ》な形だったのだ。はっきり言えば、スパイク付きの棍棒である。

「おかしいでしょうか？」

シルヴィナが軽々と持って、逆に聞き返す。

「……ちょっと、独特だね」

将人は強ばった笑みを浮かべた。

「では、参ります」

シルヴィナは杖を掲《かか》げると、口の中で呪文《じゅもん》を唱《とな》えた。

「撃て、炎よ！」

杖を真っ直ぐに的に向けると、炎が迸《ほとばし》った。

人形に当たった瞬間、ドンッと爆発が起こる。さらに炎は隣の人形に飛ぶ。ふたつとも木っ端微塵《こ ぱ み じん》に吹き飛んだ。

「うわっ！」

思わず声を上げる将人。

黒い煙がたなびく練習場は静まり返った。

「今の、全力？」とモニク。

「半分くらいでしょうか」

シルヴィナの答えに将人は、よしっとうなずき、採用の可否を口にしようとした。それより早く、四人が異口同音に声を上げる。

「採用決定！」

「異議なし！」

「文句なし！」

「決まりね！」

「社長の僕を差し置いて決めるな！」

出番を奪われた将人がムッとすると、モニクが聞き返した。

「じゃあ、社長はどうなの？」

将人はシルヴィナに向き直ると右手を差し出した。

「採用だ、シルヴィナさん」

「ありがとうございます」

シルヴィナは深々とお辞儀《じぎ》をした。

「ようこそ、我が社へ！　歓迎するよ、シルヴィナさん」

「よろしくお願いします、皆様」

シルヴィナはにこやかな笑みを浮かべた。

2

「おはようございます、社長さん。いいお天気ですよ」

翌朝、将人は涼やかな声に起こされた。

目を開けると、すぐ近くにシルヴィナの整った顔があった。

「うわぁ⁉　シルヴィナ⁉　なにやってんの？」

飛び起きて毛布をかぶったまま座り込む。

「お布団を干そうと思いまして」

「い、いや、いいよいいよ」

「いつもやっていたものですから、やらなければ落ち着かないのです。ダメですか？」

悲しそうな顔をされて、将人は慌てて首を振った。

「いや、そんなことはないよ。習慣ならしかたないね」

「はい。では、失礼いたします」

シルヴィナは敷布団に手を掛けると、一気に引き抜いた。上に乗っていた将人は毛布と一緒に転がり落ちる。

「毛布も一緒に洗いますね」

啞然としながら、将人は毛布を差し出す。

受け取った毛布を手早く畳むと、シルヴィナは一緒に抱えて持っていってしまった。

「見かけによらず力あるなぁ」

将人はその後ろ姿を見送ってつぶやいた。

窓を開けて外を見ると、庭には布団やシーツが風に揺らいでいた。全員分、干されているようだ。はためく洗濯物も真っ白だ。

「女の子の下着見てるの～？」

いきなりルカの声が耳元で聞こえて、将人は驚いたのと図星を指されたのとでうろたえまくった。

「ちっ違うっ！　洗濯物を見てただけだ！」

「だから、下着でしょ？」

正面に飛んできたルカがへへ～と笑う。将人は思わず言い返した。

「ぼ、僕のパンツを見てたんだ！」

「ヘンタイさんだ！」

「な、なんだと⁉　自分のパンツに愛着を感じてどこが悪いんだ⁉　あれは男子の大事なところを守る鎧《よろい》なんだぞ！」

ルカにじとーっと見つめられ、将人は視線をそらせた。

「……ゴメン」

妖精に負けるなんて弱すぎだろと自己嫌悪に陥《おちい》る将人。

「シルヴィナがご飯作ったから下で食べようって。早く来てね～、ヘンタイさん」

勝ち誇ったルカはひらひらと舞うように飛んでいった。

「せめて健全な男子と呼べっ！」

将人の叫びは虚しく廊下に響いた。


どんなご飯だろうと興味津々の将人は、速攻で着替えて階下に下りていった。

すでに事務所のテーブルには朝食が並んでいた。焼きたてのパン、果物のジャム、スクランブルエッグ、野菜のスープなどなど。いつもより豪勢だ。

「社長、先に食べてるわよ」

モニクがパンを頬張《ほおば》りながら声をかける。

「旨そうだな」

「はい、どうぞ」

シルヴィナから差し出された香ばしいパンを受け取ると、将人はかぶりついた。すぐに目を見開く。

「これ、小麦粉を変えた？」

いつも食べているパンとの違いは一口目でわかるほどだった。

「いえ、倉庫にあったものですよ」

サラダを運んできたシルヴィナがそう答え、将人は尋ねる。

「いつもと同じ粉なのに、どうしてこんなに食感が違うんだ？」

「前のパンは存じませんが、生地《きじ》を寝かした時間とコネ方でしょうか？」

「教えてもらってもいいですか!?　人々に癒《い》やしを与えるクレリックとして、美味《おい》しい食事は欠かすことが出来ませんから」

クレアが真剣な顔でシルヴィナに懇願《こんがん》する。

「ええ、かまいませんわ」

シルヴィナは笑いながらサラダの皿を置いてパンを追加した。

「さあ、サラダと、鶏のスモークです。パンに挟んで召し上がれ」

歓声を上げて全員が一斉に手を伸ばした。

「おはよう！　お？　いい匂いじゃないか」

自宅から通っているアザミノが出勤してくるなり、パンを片手でふたつつかみ、空いた手で鶏を一切れつまんだ。

「これは美味だな」

「アザミノさん、取り過ぎですよ」

「まだまだありますから」

「やった！」

「今度はこっちに回してください」

「そちらと交換です」

いつも以上に騒々《そうぞう》しい朝食風景である。

なんだか、体育会系の合宿みたいだな。

将人は社員たちが飢えた子供のように料理を奪い合い、皿から見る見るうちに料理が消えていくのを見て思った。学生の頃は体育会系のノリについて行けなくてクラブ活動はしていなかったのに、こんなところで思いっきり体育会系の連中と仕事をすることになるなんて……。

こりゃうかうかしてると自分の食べる物がなくなるなと、焦った時、
穏やかな声と共にシルヴィナがパンを載せた皿を差し出した。

「社長さん、どうぞ」

「ああ、ありがとう」

「サラダも食べてくださいね」

シルヴィナがサラダボウルからトングで取り分けて盛りつけた。

美人に食事を取ってもらえる日が来るなんてのも考えたことがなかったなと、将人は

感動に打ち震えてしまった。会社の宴会では社内のマドンナを遠目に見ているのが精一杯だったのを思い出す。

「社長、今日の予定はどうなっていますか？」

テレージアに問われて、将人は慌てて手帳を取り出した。向こうではスマートフォンに書いていたのだが、電池切れになったら充電のしようがないため、スイッチを切って、今では手帳に逆戻りだ。

「えーっと、毎度お馴染みボトルスライム退治が一件」

「またぁ？」

モニクが顔をしかめる。

「文句言わないの。それから午後には食材集めの護衛で渓谷まで。それで終わりだな。

シルヴィナは今日からよろしく」

「わかりました。皆様、よろしくお願いいたします」

シルヴィナは四人にお辞儀をした。

「準備が出来たら出撃するぞ！」

将人はそろそろ食事が終わりそうだと立ち上がる。

「その前にもうひとつパンをもらうよ」

アザミノは口の中をいっぱいにしながら、さらに両手にパンをつかんだ。

今日の午前中は都市管理官マーカスからの依頼で定期的に入ってくる下水道のボトルスライム退治だ。

増殖スピードが速いために根絶させるのが難しいので、一定数増えたら退治という繰り返しになり、おかげで毎度お馴染みということになっている。

「やっぱり、また増えてるねぇ」

アザミノがため息を漏らしたように、緑色の粘液質のモンスターが性懲《しょうこ》りもなくうごめいていた。

「あら、剣ではダメですよ？」

シルヴィナの言葉にモニクが問う。

「どういうこと？」

「スライムは完全に燃やし尽くさなければ、残った粘液から増えるのです。斬っているだけでは同じことの繰り返しになります」

「それでか！」

シルヴィナの説明にアザミノがようやく得心がいったと拳を打った。

「それじゃ、あなたの魔法なら？」

モニクの挑戦的な問いに、シルヴィナはうなずいた。

「大丈夫だと思います」

それを見て、将人が指示をする。

「よし、シルヴィナが魔法を唱えるまで守るぞ」

「了解！」

シルヴィナが呪文を唱え始めると、ボトルスライムたちはなにか察したのか一斉にシルヴィナに向かってきた。

「させないっ！」

モニクが先陣を切ってボトルスライムに斬りかかる。すでに何度も戦ってきただけに手慣れたものだ。粘液もほとんどかぶらずにかわしていく。

アザミノの胸元の開いた服に粘液がかかるとなんだか艶《つや》っぽいんだが……などと不謹慎なことを考えてしまう将人だが、アザミノの慣れた素早い動きはそれを許さなくなっていた。

テレージアの攻撃だけは斧という武器のせいか、流派のせいか、どうしても真っ直ぐ突っ込んでしまって粘液をかぶる頻度が高い。

そうこうするうちにシルヴィナの呪文の詠唱が終わった。

「いきます。離れてください！」

シルヴィナの叫びに前線で戦っていた三人は一斉に散った。

「燃やし尽くせ、炎よ！」

激しい命令がシルヴィナの口から発せられ、同時に杖が突き出される。

迸った炎がボトルスライムの群れに突き刺さる。

高熱の炎が下水と共にスライムの粘液を瞬時に蒸発させ、蒸気が立ち上る。霧《きり》のようになった蒸気が消えた後にはなにも残っていない。

「やったの？」

モニクがまだ熱の残る地面を剣で探る。粘つく粘液どころか下水もなく、乾いた土だけになっていた。

「はい。大丈夫だと思います」

シルヴィナの答えに将人はほっと一息つく。

「これでボトルスライムハンターの称号は返上できそうだな」

「シルヴィナさんのお手柄ですね」とクレア。

「これでやっと粘液まみれの生活ともさよならできるよ」

胸元に少し飛び散った粘液を指でぬぐい取るアザミノ。

「どういたしまして。でも、死体をちゃんと焼いておけば分裂増殖しないはずですけれど？」

「……え？」

その場の全員が言葉を失って互いの顔を見つめる。

「それでは今まで気持ち悪いのを辛抱してきたのは……」

テレージアが粘液が飛び散った服を見て悲しそうに顔を歪めた。

「ああっ、今まで無駄な戦いをしてきたのか！」

将人が頭を抱えると、シルヴィナは慰めるように言う。

「皆様は魔法学校で学んでおられないので、ご存じなくても仕方ありません」

モニクはその言葉に一瞬眉をひそめたが、すぐに肩をすくめた。

「戦闘の勉強だったと思うしかないわね」

「高い授業料だったね～」

ルカが茶化すように笑う。

「ルカは粘液かぶってないでしょ。なんだったら、つけてあげようか？」

「飛べなくなるからやめてーっ！」

悲鳴を上げて手の届かないところまで舞い上がるルカを見て、全員声を上げて笑った。

下水道をかたづけた後、昼食用にシルヴィナの用意したサンドイッチを食べ、そのまま午後の仕事に向かった。

依頼人と合流して、食材探しの護衛である。なんでも、最近は山賊《さんぞく》が頻繁《ひんぱん》に現れて、キノコ狩りにも武装しないのでは危ないそうだ。

「物騒《ぶっそう》な世の中になったな」

イヤだイヤだと首を振る将人。

「この辺りは前からこんなもんだけどな」

アザミノに指摘されて、将人は我に返る。元の世界の基準で考えている自分はまだまだ馴染んでいないんだと思い知らされた。

「まあ、このところ山賊被害が増えてるのは確かだけどさ」

「増えてる？」

「そうらしいね。ひょっとしたら、街を襲うのが難しくなったから、その代わりに襲ってるのかもしれないね」

「街を襲うのが難しくなったって？」

「あんたの会社が出来たじゃないか」

「ああ、そうか」

将人は家を借りる時に情報屋のブックマンから聞いたのを思い出した。盗賊の被害を防ぐ為に街の外側にある家をただで貸してもらっているのだ。そのせいで、街の外で被害が増えているとすれば皮肉な感じだ。

「その分、頑張んなきゃな」

将人はつぶやいた。

農夫ふたりを挟んでモニクとシルヴィナが先頭に、後方に将人、アザミノ、テレージア、クレアという陣形だ。

しんがりのテレージアとクレアが談笑しているのが将人の肩越しに聞こえる。女の子らしいお菓子の話のようだ。

将人は微笑《ほほえ》ましく思いながら、注意した方がいいかなと迷う。

「こら、仕事中だぞ」

アザミノが注意をし、すかさず笑ってフォローする。

「終わってから、その店を教えな」

緊張することなく、ふたりは真剣な表情で仕事の顔に戻った。

いい感じだな。

のどかな草原を延びる街道を歩く社員たちの様子をながめながら、将人はこみ上げてきたアクビを押し殺した。

「社長もたるんでいるな」

アザミノが軽く肘《ひじ》で突いてきた。

「悪い悪い。いい天気過ぎてさ」

「それは同感だね。ずっと、こんなに順調なら言うことなしなんだけどねえ」

が、そんなわけにはいかないのが世の習いなのだった。

「いたわ」

モニクが声を上げた。

将人もその方向を見たが、草原の中に岩が見えるだけで人の気配は感じられない。

「五人、かな？」

アザミノもそう言うからには確かに潜《ひそ》んでいるのだろうとしか将人には判断できない。

戦闘はプロに任せた方がいいということだ。

「しっかし、キノコ狩りの農夫まで襲いに来るなんてなぁ……」

「手当たり次第って感じだね」

呆れた声を上げた将人にアザミノがまったく同意だとうなずいた。

「シルヴィナ、あっちに黒い服の五人組が待ち伏せしてるから、やっちゃって」

モニクが指示した方向を見るシルヴィナ。

「黒い服……」

シルヴィナはつぶやくと、首を振った。

「いえ、魔法を使うまでもありませんわ。少し痛い思いをされた方がいいようですわね」

シルヴィナは決然と杖を構えると、山賊たちに向かって駆け出した。

「へ？　ちょ、ちょっと待って！」

モニクが慌てて後を追う。

突進していくシルヴィナの迫力に驚いたのか、スパイク付きの棍棒にしか見えないものを振り上げて迫る美女に気圧《けお》されたのか、それとも軽く見たのか、山賊たちは立ち尽くしていた。スパイク付きの杖という凶悪な魔法アイテムは山賊たちを軽々と弾き飛ばしていく。

「うわ……凄……」

ルカが声を失う。それほどの迫力だった。

結局、モニクが追いつくより早く、五人の山賊は這々《ほうほう》の体で逃げてしまった。

「無茶しないで！」

駆けてきたモニクが険しい顔で詰め寄る。

「大丈夫ですわ。これくらいのこと」

シルヴィナはニッコリ笑って、山賊たちの逃げた方にちらっと視線を向けると、馬車の方へと戻っていった。

「魔法攻撃よし。接近戦もよしなんて、文句の付け所がないね」

アザミノが感心した声を上げる。

「本当ですね。その上、家事全般こなせるなんて。羨《うらや》ましいくらいです」

クレアが羨望《せんぼう》の目でシルヴィナを見る。

「さすが、社長！　いい人取ったね～、この～」

ルカが将人の頬に肘をぐいぐいと押しつける。

「いやあ、人材に恵まれて嬉しいよ」

「有能な方々ばかりで心強いです。やはり、社長さんの人望ですね」

「そんなことはないよ、あはは」

シルヴィナの言葉に照れ笑いを浮かべた将人だが、釘を刺すことも忘れなかった。

「でも、ひとりで突っ込んでいくのは控えて欲しい。社員が傷つくのは見たくないからね」

「申し訳ございませんでした、社長さん」

うつむき、予想外に悲しそうな顔になったシルヴィナに、将人は慌てて付け加える。

「いや、今後気をつけてくれればいいから」

「……はい」

シルヴィナはしおらしくうなずいた。

その後は襲ってくる山賊もモンスターもなく、キノコの採集を手伝い、カゴに山盛りにして、無事に街に帰り着いた。報酬の他にキノコも受け取り、アザミノはすでに宴会モードに入っている。すでにキノコをどうすれば酒に合うか考えているのだろう。

そんな中、最後尾からついていくモニクは険しい表情だった。

「どうしたの、モニク？　みんな酒屋に行くよ？」

ルカが飛んで戻ってくると、モニクはシルヴィナの背中を険しい目で見つめていた。

「私、あの人、苦手……というか、なんか、よくわからないんだけど、イヤな感じがするの」

「そっかな～？　いい人じゃゃない？」

ルカは首を傾げ、そして、ポンと手を叩いた。

「あ！　わかった！　妬《や》いてるんでしょ～？」

「な、なんでよ⁉」

「社長を取られると思ってさ～。だって、あの人、大人だし、美人だし、背も高くて社長といいバランスだし」

「ちっ、小さくって悪かったわね！　だいたい、そんなわけないでしょ！　なんで、私が社長を……。だいたい、社長は元の世界に戻るんだし……私が一緒にいられるわけないじゃない……私だってワロキエ領主なんだし……」

モニクは頬を少しだけ染めながら、もごもごと言い訳をつぶやく。

「なんか、だいぶん気になってるみたいなんだけど……」

「そんなことないから！」

モニクはルカをにらみ、そして、シルヴィナの後ろ姿を見ながらつぶやいた。

「そうじゃなくて！　なんか引っかかるのよね。違和感があるっていうか……」

眉間《みけん》に縦じわを刻みながら腕を組むモニク。

気になったのはさっきの山賊だ。シルヴィナは山賊を攻撃しているというよりも追い払っているような感じがしたのだ。

「どうした？　そんな顔して？　美人が台無しだぞ」

振り返った将人が引き返してモニクを見る。

「なっ、なによ、急に⁉」

瞬間的に真っ赤になったモニクが慌てて顔を背けた。

「なんか悩みでも――」

「あーっ、もういいわ！　今日はミルク飲んで寝る‼」

大きな声を上げると、モニクは酒屋に行く仲間たちの後を急ぎ足で追っていった。

「どうしたんだ？」

首をひねって将人がルカに尋ねる。

「さあ～」

肩をすくめたルカは将人のこめかみを肘でツンツンと突いた。

「憎いね～、この色男～」

「なんだよ?」

わけがわからないと将人は顔をしかめる。

「でも、なにが気になったんだろ? モニクって結構鋭いもんね〜。自分のことは鈍いけど」

一瞬、考えたものの、ルカはすぐに考えを放棄してしまった。

「みんな、待ってよ〜」と声を上げて飛んでいった。

「なんなんだ、ふたりとも?」

残された将人はわけがわからないとつぶやき、社員たちの後を追った。

4章 新たなる騒動《トラブル》

1

　将人が立ち上げた傭兵派遣《ようへいはけん》会社も元の世界で言えば一ヶ月もたつと順調に仕事が入るようになってきた。

　害獣退治の他に本来想定していた護衛も三日に一回くらいあり、収益も上がってきた。最初に宿舎や倉庫を建てるのに借りた金も返済し、今は隣の敷地を借りてアザミノの鍛《か》冶場《じば》を造っている。いよいよ装備開発室に着手する段階に来たわけだ。

　また、新たに弓使いのダグマル・イエニークが加わった。小柄な娘なので、モニクが身長のことを気にすることが少なくなったような気もする。

　このまま何事もなく、平穏《へいおん》に過ごせれば、そして、元の世界に戻れる方法が見つかれば……。

楽観的にそんなことを考えていた将人《まさと》だったが、やはり、この世界もそれほど甘くなかった。

それは小さな異変から始まった——。


「え？　待ち合わせ場所がなかった？」

神妙な顔で報告したダグマルの話を聞いて、将人は思わず聞き返した。

ひよこうもり退治だったので、ダグマルとテレージア、シルヴィナに行ってもらったのだ。他の三人は別の仕事に出払っている。

「社長からうかがったとおりに街道の分かれ道にある像の前まで行ったんですけど、それらしい目印がなくて……。しばらく待っていたんですが、依頼者の方はおいでになりませんでした」

「場所を間違った可能性は？」

「あの辺りは何度も行ってますから、間違うことはないと思います」

テレージアが困った顔をする。

「僕の聞き違いかなぁ……」と将人。

「もう年だね～」

事務所に残っていたルカがテーブルの上からからかった。

「まだ二四歳だ！」

「え？」

驚いたような顔をするダグマルとテレージア。

「なんだよ、その目は？」

不審な反応に思わずふたりを見る将人。

「さすがに社長だなと」

「はい、そうです」

「どうせ僕はお年寄りだよ」

「そうではなくて、若く見えるんですよ、社長は」

「そうですね。お若いですよ」

「どうせ僕は童顔だよ」

将人はイスから滑り落ちそうな格好になってそっぽを向いた。

「ああ、すねちゃった〜」

ルカが笑うと、シルヴィナが真剣な表情で将人の方に身を乗り出してきた。

「社長さん、今はそれどころではないのではありませんか？」

シルヴィナの意外に豊かな胸の谷間、いや、語気に圧《お》され、将人はイスに座り直した。

「そうだった。場所がなかった、か。調べておこう。依頼人には僕から謝罪に行ってくるよ」

「すみません……。私がついていながら」

三人の中では先輩格のテレージアが申し訳なさそうに頭を下げた。

「いや、原因がわからないんだ。謝ることはないさ」

「原因が私たちだったら？」

「給料が減るのは覚悟しないとな」

「そ、そんな……」

ダグマルは死にそうな声を上げる。

「おい、死ぬわけじゃ――」

「お給金が入ったら、ケーキをいっぱい食べようって決めてたのに……」

「我慢しろ！」

「えーっ⁉」

今度こそ本当に死にそうな悲鳴を上げるダグマル。

「いっぱい食べて大きくなろうと思ったのに……」

「ケーキ以外にしなさい」

将人が呆れた顔をする。

「それでは、そろそろ夕食の準備始めますね」

シルヴィナが言い、テレージアとダグマルも厨房《ちゅうぼう》に向かって行った。

その間、将人は事務所に待機。料理はやったことがない上に、スペースがないので邪魔にしかならないのだった。しかも、ガスコンロもレンジもないのではお手上げだ。せめてキャンプなんかで野外料理のやり方を勉強していればと思う。

ほどなく料理の音が聞こえてきた。同時にかまどに火が入り、薪《まき》の燃える煙の臭いが漂《ただよ》ってくる。

換気扇とか空気の流れを遮断するものがないだけに、将人も煙に慣れるには時間がかかった。今では薪の煙を嗅ぐと条件反射で食事を連想するほど慣れてしまったが。

煙の中に煮込んだシチューと肉の焼ける香ばしい香りが混ざってきた。

「モニクたち、遅いね」

ルカが窓の外を見てつぶやいた。

すでに陽は落ちている。通常の護衛ならとっくに帰っている頃だ。

見に行った方がいいのかなと将人が思った時だった。

玄関からモニクたちの声が聞こえてきた。すぐにドアが開いて入ってくる。

「お。お帰り。心配したよ。おかしなことがあってさ」

将人が声をかけると、それにモニクがいらだった声をかぶせてきた。

「おかしいのよ！」

「うん、おかしいんだよ」

「おかしいのはこっち！　社長、聞いてよ‼」

「まさか、そっちもなにかあったのか？」

「そうなのよ！　って、あれ？　そっちも？」

モニクは目を見開いて将人を見る。

「そう」

「どういうことなの？」

「その前になにか食べさせてくれないか？　朝からなにも食べてないんだよ」

アザミノが口を挟《はさ》んだ。

「ダメよ！　それより話を――」

勢い込んで将人の方に身を乗り出した途端、モニクのお腹がクゥッと音を立てた。

「……やっぱり先に食べる」

モニクは顔を赤くしてつぶやいた。

夕食の後――。
ようやくモニクたちが人心地《ひとごこち》ついたところで、将人はダグマルたちの件をかいつまんで説明した。聞いているモニクとアザミノの表情が険しくなっていくのがわかる。

「で、そっちは？」

将人が話を振ると、モニクは肩をすくめてみせた。

「こっちはね、いないのよ」

「誰が？」

「依頼人が」

モニクの話によると、依頼人の指定通りの場所で待っていたが、いつまでたっても現れなかったのだという。

「社長、ちゃんと依頼人から場所を聞いたの？」

モニクにじっと見詰められて、将人は居心地悪そうな笑いを浮かべた。

「いくらこの世界に来て一ヶ月しかないからって、それくらいはわかるよ」

「ホントかな～。結構方向オンチじゃないの～？」

ルカから疑わしげな視線を向けられ、将人は慌《あわ》てて言い訳を始めた。

「い、いや、まあ、たまに方角は間違えるけど……」

天井を見上げた将人にモニクの視線が迫ってくる。

その圧力に負けたように、将人はうんとひとつうなずいた。

「わかった！　伝達ミスがあったのは……事実のようだ。今後こんなことがないようにちゃんとメモを事務所に貼っておくから」

「その前に社長の耳を疑わないといけないだろ？」

アザミノの指摘にモニクはルカを見た。

「じゃあ、ルカ、あなたも一緒に依頼を聞いておいて」

「え～、あたしが？　社員じゃないのに？」

「あなただってここでご飯食べてるでしょ」

「う～、それを言われると、断りづらいね～」

「それじゃ、そういうことで、明日からよろしくね、社長、ルカ」

「……わかったよ」

はあっとため息を吐き出す将人。

「しっかり監督してあげるね～」

「いきなり会長が出来た気分だよ」

楽しそうに言うルカに将人は苦笑した。


「じゃあ、行ってくるわね。任せたわ、ルカ」

翌朝、朝食の後にモニクたちは仕事に出かけた。

「わかったよ～。任せて～！」

ルカが手を振って見送る。今日は毎週やっている害獣退治の仕事だから、問題は起こらないだろう。総がかりなので全員出払ってしまった。

「今日は一日中、社長と一緒に留守番かぁ。襲われないといいけどな～」

「襲うか！」

「きゃ～、襲われる～！」

将人が突っ込むと、ルカはわざとらしい悲鳴を上げてひらりと舞い上がった。

「さあ、汚名返上しなきゃな」

そう言ってから、将人は思い出したようにつぶやく。

「考えてみたら、スマホに録音しとけば証拠が残るんだけどなぁ。電池がいつまで持つかわからないからなぁ」

「すまほってなに？」

ルカが興味津々な顔でテーブルに下りてきた。

「元の世界でみんなが使ってる便利な道具」

「魔法アイテムみたいなもの？」

「魔法はないけどね。まあ、こっちの人が見たら同じかもしれないな」

「見せて見せて！」

ルカが目を輝かせて将人にねだる。

「見るだけだぞ。電源入れるともったいないからな」

そう言って将人はたすき掛けにしていたボディバッグを前に回してくると、ファスナーを開けた。

「面白いカバンだね～」

「元の世界のものはこっちに入れてるんだ。何があるかわからないからさ。それに邪魔にならないし」

「背負ってるのわからなかったよ～」

「まあ、外に出る時はマントかぶってるしね」

「あ、そっか～」

感心した声を上げるルカに、将人はスマホを見せた。

「これがスマートフォン」

「黒い板じゃない？」

ルカは自分の身長より少し小さいくらいのスマホをのぞき込んで不思議そうにつぶやいた。

「このままじゃね」

「どうやって使うの？　なにが出来るの？」

「遠くの人と話をしたり、ゲームをしたり、写真を撮ったり、音楽を聴いたり……。まあ、そんな感じかな」

「やっぱり魔法みたいだね〜。やってみせて！」

「電池切れになるからやらない」

「え〜っ⁉　ケチー！　やってやってやって‼」

拳を振り上げて、まるでアンコールを要求するように声を上げるルカ。

と、そこに控えめな女性の声が割って入る。

「あのう、よろしいでしょうか？」

「はい！　ご依頼ですか？」

勢い込んでふたりが声を揃える。

今度は問題なくやろうと将人とルカはうなずきあい、依頼人と話を始めた。

依頼は単純だ。

商品を受け取って運んでくること。ただし、時間厳守。昼には必要だ。

「わかりました！　おまかせください‼」

力強く答え、依頼人を送り出す。

「今度こそ大丈夫だな。ちゃんと確認したな！」

「完璧だよ〜！」

将人とルカは声を合わせた。

「明日、朝、東の街外れにある馬屋の裏。よし！」

これで大丈夫だなと、ふたりは安堵《あんど》した。

モニクたちの仕事も今日は問題なく、夕暮れ前に戻ってきた。

そして、翌日。

モニクたちを昨日受けた仕事に向かわせた。

戻ってきたのは昼過ぎだった。

「どうだった？　今度は大丈夫だったでしょ？」

ルカが自信満々でモニクの方に飛んでいく。

「……ダメだったわ」

疲れ切った顔でぽつりと答えるモニク。

「え？」

ルカは将人と顔を見合わせた。

冗談だよなと将人は全員の顔を見た。誰かがこらえきれずに笑い出すのを待つ。

しかし、誰も笑わない。深刻な顔のままだ。

「聞いたとおりの場所に行ったけどさ、誰もいなかったんだよ」

アザミノの憮然《ぶぜん》とした声に、ふたりはそろって声を上げた。

「なんでっ⁉」

2

深夜——。

将人は事務所のソファに座ってお茶を飲んでいた。

テーブルの上に置かれたランプの炎が揺れ、壁に映した将人の影をゆらゆらと動かす。まるで将人の内心を映し出しているようだ。

今日の失敗が重くのしかかって精神的に疲れ切っていた。

問題はそれだけではなかった。

一昨日に出来なかった仕事の依頼人二組が相次いで事務所にやってきたのだ。

ひとりは小言を小一時間にわたってネチネチと続け、将人はそれに耐え続けた。向こうの言い分によれば、自分は確かに指定の場所にいたという。それなのに半時間待っても誰も来ない。こっちは腰が痛くて砂が目に入って腹が減って死にそうだったと。

将人はサラリーマン生活で身につけた平身低頭《へいしんていとう》の術で耐え続けた。

もうひとりは文字どおり怒鳴り込んできた。剣でも持っていれば斬り殺されていたかもしれない。そちらの言い分によれば、きちんと指定した場所に行ったという。

恐らく、今日の依頼人も明日にはクレームをつけに来るだろう。どうしてそうなったのか、そこで聞くしかない。しかし、言い訳はできないし、しない。客商売だから、それが鉄則だ。

「どうしてこうなったんだ？」

こんなにつらいものだとは思いもしなかった。だいたい、社長って柄じゃないんだよな、と将人はため息をつく。

将人という名前は歴史好きの父親が将軍みたいになれなんていう思いでつけたらしい。将軍どころか会社の一兵卒でも苦しいくらいなのに、社長なんて相応しくない。無理をした挙げ句、会社を危なくしている。会社だけじゃない。社員の女の子たちの面倒も見られない。

「……失格だな」

ぽつりと言葉が漏れ出た。

「社長さん？　寝られないのですか？」

将人が声の方を振り返ると、社長室の前にシルヴィナが立っていた。

「ちょっと考え事をしてたら寝られなくなってさ。シルヴィナこそどうしたの？」

「喉《のど》が渇いたのでお水をいただきに来たら明かりが見えましたので」

シルヴィナは歩み寄ってくると、将人の隣に腰を下ろした。

「お悩みですか？　あのこと、ですね」

「そう」

ソファにもたれかかって天井を仰ぎ見る姿勢で応じる。

「向いてないのかなと思ってさ。ちゃんとやってるつもりだったけど、この世界に馴染《なじ》んでないのかもしれないな」

「社長さんはよくやってますわ」

「そうかな?」

「ええ」

シルヴィナを見ると、まるで天使のような笑みを浮かべていた。

「不安があるなら吐き出した方がいいですよ」

「社員相手に弱音は吐けないよ」

「今は時間外ですから、ただの男と女ですわ」

男と女という言い回しに将人はドクンと鼓動《こどう》が跳ねるのを感じた。夜中に二人っきりだ。しかも、改めて見ると、シルヴィナのパジャマは絹のように薄くて、体のラインがはっきりと見える。

ひょっとして、下着とかつけてないのかなと、将人はツバを飲み込んだ。その音が大きく聞こえた気がして、慌てて声を上げる。

「い、いや、たいしたことじゃないよ。弱気になっただけだ」

「無理もないですわ。あんなことが立て続けにあったのでは」

「僕がなんとかしないとなと思って動いたら空回りになって……」

「大丈夫。きっとよくなります」

シルヴィナが将人の首に腕を回してそっと引き寄せる。

「え？」

反応できないでいるうちに、将人はシルヴィナの胸に顔を埋める格好になった。柔らかい胸に抱きしめられ、将人は硬くなってしまった。

「シルヴィナ、ちょっと、その……」

「私でよろしければ慰めてさしあげますわ」

「そ、それって――」

と、その時、ギシッと床が音を立てた。

階段の下に小さな人影があった。

ぼんやりとしたランプの明かりに浮かび上がったのは金色の髪の少女。

「モニク⁉」

「あ！　えっと、邪魔したわね？　ゴメン！」

早口で言うと、モニクは身を翻《ひるがえ》して階段を駆け上がっていった。

「ちょ、待って！」

将人は自分でもなんと言うつもりなのかわからないが声を上げた。が、モニクが自室のドアを閉める音が聞こえてきて追うのを諦《あきら》めた。こんな深夜に女の子の部屋を訪ねるのは問題だ。

「シルヴィナ、もう寝るよ。ええと、ありがとう」

将人はシルヴィナに礼を言うと、階段を上って自室に戻っていった。

「せっかくいい感じでしたのに……。気の利かない娘ですわね」

残されたシルヴィナは口元に笑みを浮かべて残念そうにつぶやいた。

3

朝になって、将人はひとつ決断をした。

「今日の仕事は僕も一緒に行くことにする」

朝食を食べながら聞いていた社員たちは複雑な顔をした。

「仕事の依頼があったらどうするのですか？」

戸惑《とまど》ったように訊いてきたのはダグマルだ。

「ダグマルは知らないだろうけど、最初の頃は僕も一緒に行ってたんだ。仕事もそれほどなかったしね。今はそれ以前の問題だ。このままじゃ仕事がなくなって、会社もつぶ

んだ」

「悪評はすぐに広まるから、そうなってからじゃ遅い。問題を自分の目で見ておきたい

クレアが不安そうに尋《たず》ねる。

「そ、そんなに状況が悪いのですか？」

れるかもしれない」

「社長の決断なら支持するよ」

「ありがとう、アザミノ。もし、他に異論があるなら言って欲しい」

全員の顔を見渡したが、特に声は上がらなかった。

「事務所を無人にすることになるけど、まあお金なんかは持っていくから取られて困る物はないし」

「よし！　じゃあ、さっさと行って片づけてこようか‼」

アザミノが張りきって声を上げたところで、モニクに目を向ける。

「元気ないじゃないか、モニク？　いつもなら一番最初に声を上げるところだろ？」

「……別に」

感情のない声で返事をすると、モニクは真っ先に外に出ていった。

「ねえねえ、モニクとなんかあったの～？」

ルカが将人に小声で話しかけてきた。

「い、いや、別に」

将人は心臓が跳ね上がるのを感じたが、平静を装って答えた。

「なんかおかしいのよね～。社長が夜這《よば》いでもしたのかって思ったのに」

「よ、夜這い⁉」

「なんだ、誰に夜這いするんだい？　私ならいつでも自宅の窓の鍵を開けとくよ」

アザミノが横からからかいの声を突っ込んできた。

「ち、違うから！」

将人は思わず声を上げる。その声が意図しないで大きくなってしまい、その場の全員の視線を一身に受ける。

「い、いや、なんでもないから」

引きつった顔で笑い、将人はまるで逃げるように社長室に入ってしまった。

「どうしたんだ？」

アザミノが首をひねる。

「ホント。どうしたんだろね～」

ルカも当惑気味につぶやく。

と、そこにシルヴィナがやってきて、社長室に入っていく。手には専用の弁当。

「ははあ……。こりゃあ、嵐の予感がするな」

アザミノはさわらぬ神に祟《たた》りなしとばかりに、見なかったことにして外に出た。

「それにしても、ああいうのが趣味だったのかねえ、社長は」

「アザミノとは全然違うよね～」

「お？　言ったな？　タメを張る私の胸を味わえ！」

アザミノはルカをひっ捕まえて胸の谷間に頭から押し込んだ。

「やめてやめて～！　息ができない～!!」

ルカは悲鳴を上げてもがき出ると逃げ出した。

「さあて、どうなるかな。せっかくいい仕事ができそうだし、ややこしいことにならなきゃいいけど」

アザミノはそうつぶやいた。


今日の仕事は三日前に依頼された護衛任務だ。

将人は内容をもう一度確認する。

港から隊商の一行が向かっており、アルカレイアと隣街ネイボリアに分かれて荷物を運ぶことになっている。街道の分岐点で二手に分かれるので、アルカレイアに向かう隊商の護衛を引き継いで無事連れてくる。簡単だ。

「場所はここだな。時間も正午前だからあってる」

指さし確認して空を見上げ、太陽の位置を確かめる。問題はない。

岩場を通る街道が分かれる三叉路だ。古びた看板がそれぞれの繋がる町の名前を示している。

「でも、誰もいないね～」

ルカが高く舞い上がって周囲を見回す。岩場で視界は開けていない。ルカもそれほど高く飛べないので遠くまで見通せるわけではない。それでも、近くには誰もいないのはわかった。

「しばらく待とう。その間に弁当を食べるか」

将人はそう言って担いできた荷物を下ろした。

「よかった！　お腹減ってたのです」

クレアがほっとした声で言い、それにつられてフッと張り詰めていた雰囲気が和んだ。

出発前に用意したバゲットサンドとお茶で、ささくれていた心が少し和らぐ。

しかし、食事が終わっても、依頼の隊商が姿を現すことはなかった。

「遅いね～」

ルカが空の上からため息を漏らす。

「あー、なんだか、この間のイヤな感じがするよ」

「まあ、隊商が遅れるのはよくあるからね」

アザミノが肩をすくめた時、ルカが声を上げた。

「あ、誰か来たよ？」

全員期待を込めた視線を向けたが、隊商ではなかった。しかも、やって来たのはネイボリアの方角からだった。

三人組の女の子だ。セイバーを先頭にハンターとクレリック。冒険者かなにかだろうか。ジロジロと遠慮のない目で将人たちの方を見ながら、真っ直ぐ歩けばいいところを少し遠回りになりながらすれ違おうとする。明らかに警戒している。

そして、ピタッと足を止めた。

「さては、隊商を襲う山賊《さんぞく》ってのはあんたたちね!?」

ハンターが背負った弓をひっつかんで構えた。

「なにっ!?　そうなのかっ!?」

赤い髪のセイバーが遅れて剣を抜く。

「そんなふうには見えませんが……」

ヴェールをかぶったクレリックだけがおっとりと首を傾げた。

「そうやって油断を誘う魂胆《こんたん》なんだろう!?」

「なるほど。それは非道い方々ですね」

クレリックまでセイバーに言いくるめられて杖を構える。

いきなりのなりゆきに呆気《あっけ》にとられていた将人はぽかんと口を開いて三人を見て、ゆっくりと首を振る。

「いや、僕たちは仕事でここにいるんだけど」

ハンターは疑わしげに鋭い目を向け、言い放った。

「このアレナの目を欺《あざむ》こうなんて一〇年早いのよ！」

「こんなところでなにしてる？　怪しいじゃないか！」

セイバーが剣を構えたままで詰問する。

「港からの隊商をアルカレイアまで護衛するはずだったんですが、まだ来ないので待っているんですよ」

「港からの隊商ですか？」

クレリックが首を傾げた。

「ああ！　それなら、私たちが護衛していったヤツだな」

セイバーが元気に手を上げた。

「なんだって!?」

将人たちが一斉に声を上げ、セイバーとハンターはビクッと身を引いた。クレリックはなにごともなかったように笑顔で応じる。

「はい。二手に分かれるということでしたので、私たちがネイボリアに向かう隊商を担当しました」

「仕事の横取りとは感心できないね」

アザミノは刀の柄に手を掛けていた。

「ですが、正午どころか、もっと前ですよ？　クレリックとして困っていた人を助けるのは当たり前です」

「朝？　だったら違うのかな？　その隊商の責任者の名前は聞きましたか？」

「えーっと、確かモッフルとかマッスルとか言ってなかったっけ？」とセイバーが言うと、クレリックが訂正する。

「サットルさんです。全然あってません」

「……やっぱりそうだ」

将人は契約書を取り出してサインを確認した。クレリックもそれを見てうなずく。

「本物みたいですね。仕事を取ってしまったみたいですから、もらった代金は返しましょうか？」

「いや、契約はどうあれ、仕事をしたのはそっちだから、それをもらうわけにはいかないよ」

「そうだな！　じゃ、ありがたくもらっておくとするぞ」

ハンターは背負った荷物をがっしりつかんだままそう言った。渡すつもりなど端からなかったのが見え見えである。その様子から、将人はひょっとしてと思った。

「僕は将人。傭兵派遣会社をやってる。キミたちは同業者？」

「私はソフィ・ヴュイーヨ。私設騎士団サンシャイン・ナイツのリーダーだ」

赤毛で元気なセイバーが名乗りを上げた。

「アレナ・ツィガーネク！　無敗の騎士団サンシャイン・ナイツのリーダー！」

まるで軍服のような服を着たハンターが手のひらを伸ばして額《ひたい》に当てる。

「リーダーは私だって決めただろ？」

「そんなことは言った覚えないね」

ソフィとアレナがにらみ合うのを横目に、おとなしそうなクレリックがペコリと一礼する。

「私はセイディ・ソーク。私設騎士団サンシャイン・ナイツのサブリーダーです。あ、このふたりのことはいつものことなので気にしないでください」

「……その、サンシャイン・ナイツというのは全員言わないとダメなのか？」

「もちろんです！」

三人はここだけは声を揃《そろ》えて言い切った。

「ええと、他のメンバーは？」

「三人ですよ？」

セイディが笑みを浮かべて応じた。

「じゃあ、アルカレイアに急ぐよ！」

アレナが声を上げ、三人は振り返ることなく小走りで歩き出した。

「まさか、他のもこういうことだったのか？　時間より少し早く到着して、別の誰かが引き受けてしまったってことか？」

サンシャイン・ナイツの後ろ姿を見送って、将人は茫然《ぼうぜん》とつぶやいた。

「可能性はあるわね」とアザミノ。

「でも、それだけじゃ説明がつかない件もありますが……」

クレアが不安そうな顔をする。

「とにかく、アルカレイアに戻ろう。隊商の片方が到着しているはずだから、捜して訊いてみよう。今回の件についてはどういうことかわかるはずだ」

将人の提案で一行は急いでアルカレイアに帰還した。

しかし、隊商は荷物を得意先に下ろした後、すぐに出発していたため、詳しいことは聞き出せなかった。得意先に話を聞くと、護衛が来なくて困ったとぼやいていたらしい。

「つまり、待ち合わせ時間が変更になったという連絡が僕らのところに届いていなかったのか、それとも、元から間違っていたのか……」

「そういうことになるねえ」

アザミノがうなずき、クレアが首を傾げる。

「でも、どうしてそんなことになったんでしょう？」

「それは依頼主に聞いてみるしかないね。数日かかるけど」

電話もない世界では離れたところとのやりとりは手紙しかない。この依頼は港の商店からだったので、今から手紙を出しても往復で四日ほどかかる。

「とにかく、今日のところは戻ろうか。仕方がない」

が、事務所に戻った一行をまた予想外の出来事が待ち受けていた。


「これは……」

事務所のドアを開けた途端、将人は立ち尽くした。

「うわっ……」

肩越しに飛んで入ってきたルカが声を上げる。

「社長、どうしま——うわっ⁉」

ダグマルが小柄な体を生かして隙間から入って叫びを上げる。

「空き巣だよね、これって。初めて見た～」

ルカが感心した声を上げる。

「なにを感心してるのよ！　私たちの会社でしょ‼」

「そうでした～」

モニクに叱《しか》られ、珍しくルカがしゅんとする。

将人は愕然《がくぜん》としながらも、こんな時こそしっかりしないと、と自らに言い聞かせた。

そして、声を上げて笑い出した。

「社長がおかしくなってしまいましたよ」

ダグマルがぽかんと口を開けて将人を凝視した。

「いや、空き巣もかわいそうだなと思ってさ」

「え？」

「だって、お金も大事なものも全部、僕が持って出てるんだから、ここにはなにもないんだから」

「あ、そっか！」

ルカがポンと手を叩く。背中の小さなカバンのことを思い出したのだ。

「それはそれとして、荒らされたのは片づけないとな。手分けしよう」

将人の指示によって、全員で分担して各部屋を見て回った。

「私たちの宿舎は誰も入ってないみたいです」

クレアが報告し、続いて建築途中の鍛冶場を見てきたアザミノが言う。

「こっちも無事だったよ」

「私の部屋はほとんど手をつけた形跡がないわ」

モニクは二階の自室を見てきた。

「って、ことで、ひどいのは社長室と社長の私室ってことだな」

アザミノがまとめ、将人をちらっと見る。

「なにか恨まれるようなことしたんじゃないか？　酒屋のツケを踏み倒したとかさ」

「アザミノじゃないんだから、そんなことしないよ」

「私はちゃんと払ったよ」

「督促《とくそく》されてね」

「されなくてもいずれは払うつもりだったさ」

「今はそれどころじゃないでしょ！」

モニクがいつになく感情的に割り込んだ。

「そうだな。悪い」

将人はバツが悪そうに顔をしかめ、状況をまとめた。

「結局、荒らされたのは社長室と僕の部屋だけってことか。盗られた物もなさそうだ」

「この家に誰もいないのを狙っての犯行ってこと？」

「それじゃ、犯人はそれを知っていた人物かな」

「内部の犯行ですね！」

ダグマルが口にしてからしまったという顔になった。いきなり雰囲気が微妙になったからだ。

将人はそれを感じながら首を振った。

「いや、僕らが出ていくのを見ていたらここが無人だってのは誰でもわかるだろ。社員の数も少ないんだし」

「それもそうですよね」

ほっとしたようにダグマルがうなずく。

「……なに考えてるのよ。まったく……」

その時、シルヴィナが声にならないくらいのささやきをこぼす。それを聞きつけたモニクがすかさず問い返した。

「どういうこと？」

「え？　いえ、ひとりごとですわ。なにを考えてるのかわからないくらいひどいことをする人もいるのですね」

シルヴィナは悲しそうに目を伏せて首を振った。

「とにかく、社長室を元に戻すのを手伝ってくれ。部屋は自分でやるから」

将人が二階に行こうとすると、シルヴィナが追ってきた。

「でも、社長のお部屋の方がひどいありさまですわ。私もお手伝いします」

「私もやるわ」

意外にも追ってきたのはモニクだった。

「そ、そうか。助かるよ」

昨夜のことがあるだけに、驚きと後ろめたさを感じながら将人は応じた。

「それじゃ、他のみんなは事務所を頼む」

社長室に入っていく社員たちと、二階に上っていく三人に分かれた。

将人の部屋が片づくには一時間ほど掛かった。家具も荷物もほとんどないのだが、ベッドまで切り裂かれていたので、詰め物を戻したりと結構面倒だったのだ。

「助かったよ」

将人はモニクとシルヴィナに礼を言う。

「……わ、私と、あなたが始めた会社なんだから、これくらい当然でしょ」

モニクは上目づかいに将人を見た。頬《ほお》を染めているように感じられるのは夕陽のせいだろうか。

将人はその様子に思わず手を伸ばしてモニクの頭をなでた。やってしまってから、背の低いことを気にしているモニクにマズかったかと思ったが、モニクは驚いた顔こそしたが、嫌がるでもなく目を伏せた。

「そうだったな。なんとしてでも犯人を見つけないとな」

「ええ、そうね」

モニクの視線は一瞬で射るような鋭さを取り戻し、テーブルをフキンでふいているシルヴィナに向けられていた。

5章 仕事奪還作戦

1

「うう〜ん……参ったなぁ……」

夕食が終わって事務所のテーブルが片づけられた後、ひとりになった将人《まさと》はソファに座って唸《うな》っていた。

目の前にあるのはメモ帳だ。数字が並んでいる。

「どうしたの？」

厨房《ちゅうぼう》で水を飲んでいたモニクがやってきた。

シルヴィナの胸に顔を埋めていたところを見られてから、モニクとはふたりきりで話をしたことがなかったため、将人は緊張してしまった。が、女子高生みたいな年の娘相手になにを意識してるんだと思い直した。

「ちょっと資金繰りがね」

苦笑しながら告白する。

「お金がないって？　あれだけ仕事してたのに？」

モニクが後ろからメモをのぞき込んできた。金色の髪が将人の頰《ほお》をくすぐる。

「儲《もう》けた分は先行投資で宿舎と資材管理部、それに今は装備開発部に回したから、手元にはほとんどないんだよ」

「無計画に使いすぎたわけね」

「そう言えば、子供の時、お小遣い帳つけるの苦手だったよなぁ……。すぐに予定外のお菓子買って、計算があわなくなったり……」

将人はハアッとため息をついた。

「おまけにこのところの受注ミスで、入ってくる金がどんどん減ってる」

「受注ミスって、社長が聞き間違いしたアレ？」

「それだけじゃないだろ。というか、本当にそうだったのかどうか疑問だけどな」

モニクのからかうような口調に、将人はムッとして言い返す。とはいえ、完全に否定しきれないので声に力強さはない。

「なんとかしないとなぁ……」

「私に言っても仕方ないでしょ。シルヴィナさんみたいな大人に話した方がいいんじゃゃないの？」

モニクの投げやりな口調に将人は驚いた。

「なに言ってるんだよ、モニク？」

「……だって、私、あの人みたいな包容力ないもの」

モニクはそう言って頬を膨らませる。

包容力という言葉が言葉どおりではなくて、あの時の状態を指すのは将人にもわかった。

「い、いや、あれは、いきなり抱きしめられただけで、なにかあったわけじゃなくて、それ以上なにかしたわけでもないし……」

自分でも情けなくなるほど動揺《どうよう》しながら将人は言い訳がましく言う。

「別に言い訳されても、あなたとは特別な関係じゃないんだし」

「まあ、そうだけどな……」

「……私だって……」

ぽつりとモニクがつぶやいた。

「え？」

将人は思わずモニクの方を振り向いた。顔がすぐ横にあって思わず視線を下にそらす。

そこにはモニクの胸元が大きく開いていた。小さい胸が、それでも下を向いているせいでしっかり谷間が見えた。

「私だって社員なんだから、社長のこと心配してるんだからね」

「あ、ありがとう」

「当たり前でしょ。社員としてとーぜんのことなんだから」

モニクは笑みを将人に向けた。

その笑みがやけにまぶしく感じられて、将人は鼓動が跳ね上がるのを感じた。元々美少女なので、こんな笑い方をされたらたまらない。

「あ、ああ……社員としてか……」

かろうじて間抜けな返事をする。肩すかしされたような気がしたが、そう感じてしまった自分に気づいてうろたえた。女子高生みたいな子供だって？　思いっきり意識してるじゃないか。

「どうしたの？」

モニクが将人の顔をのぞき込んでくる。

「い、いや！　なんでもないぞ」

落ち着けと自分に言い聞かせ、将人は出来るだけ平静を装った声で言う。

「そうだな、じゃあ、相談に乗ってくれ」

「任せて！」

弾んだ声に釣られて笑う将人。

「その前に、そこに座って」と前のイスを指さした。

「どうして？」

「いや、ちょっと気になって……」

将人はモニクの胸元から目をそらせて、ぶっきらぼうにつぶやく。

「ふ〜ん？　気になるんだ」

視線に気づいたはずのモニクだが、なぜか嬉しそうな笑みを浮かべながら、ソファをひょいっと跳び越えて、将人の隣にすとんと収まった。シルヴィナが座っていたのと同じ位置だけに意識するなという方が無理だ。

「どうしてそこなんだ？」

「どこでもいいでしょ？」

そう言うと、モニクは笑って将人を見上げた。

「で？　スケベな社長さん？」

「ウチのハゲ親父みたいだからやめてくれ」

前の会社のハゲ社長を思い出して、将人は顔をしかめる。いや、まだ退職していないから今の会社か。でも、こんな長い間行方不明ならクビになってるだろうな。

「さすがになんとか手を打たないと、このままじゃ会社がマズい」

「そんなに？」

「実はアザミノが街で噂《うわさ》を聞いてきてさ。ほら、あいつ、酒場によく行くだろ」

「噂ってどんな？」

「『あそこの会社に護衛を頼むと荷物が減る』とか『裏で山賊《さんぞく》をして、護衛の仕事を増やしてる』とか」

「ひどいっ！　そんなことしてないのに!!」

「まあ、最近、他にも似たような仕事を始めてる人もいるみたいだし、営業妨害みたいなものだと思うんだけどさ。ただ『頼んだ時間に来てくれない無責任なところ』っていうのには反論できないんだけど」

「それは……そうよね」

モニクは悔しそうに唇《くちびる》をかんだ。

「横領《おうりょう》・水増し・無責任……どれも会社がやっちゃいけないことだ。ただ――」

「ただ？」

「ウチの会社はどれもやってない」

「待ち合わせの時間と場所の間違いも？」

「そう考えてる。まあ、信じてもらえなくても――」

状況から考えても信じてもらえるわけはないと将人は諦めていた。が、モニクはこう答えたのだ。

「信じるわ」と。

「へ？」

モニクがあまりにもあっさりとうなずいたため、将人は思わず呆《ほう》けた声を上げてしまった。

「言っとくけど、社長だから信じるんじゃないからね。バカ正直に盗賊に襲われた商人の荷物を届けに行ったあなただから信じてるの」

「モニク……」

将人は隣に座ったモニクの顔を見つめる。

テーブルにはランプの炎が揺《ゆ》れ、ふたりの顔を浮かび上がらせている。昼間よりも赤味を帯びた光がなんとはなしに気分を高める。

「……社長？」

モニクが小さな声でささやく。

「ん？」

「……ちょっとだけ……なでて欲しいな……なんて……」

「え？」

意外なことを言われて、将人は目を見開く。

「い、いえ、いいの！　気の迷──」

慌《あわ》てて顔を背けようとしたモニクの頭に手のひらをのせ、将人はくしゃっと髪をかき混ぜるようになでた。

「今まで頑張ってくれたもんな。今はこれくらいしか出来ないけど」

「……ありがと」

モニクは真っ赤になった顔を隠すようにうつむいた。

「いい雰囲気だね～」

「そう、映画みたいな──って、誰だっ⁉」

いきなり割り込んできた声に将人は慌てて周囲を見回す。

「ル、ルカ⁉」

モニクが天井付近を飛ぶルカに気づいた。

「いつからそこに⁉」

「え～っとねえ、『無計画に使いすぎたわけね』辺りかな～」

「さ、最初っからじゃない！」

モニクは真っ赤になって声を上げた。

「ま～、仲直りできたんだからいいじゃない」

「べ、別にケンカしてたわけじゃないから！　でしょ、社長⁉」

「う、うん。そうだ」

将人は慌ててうなずく。

「そうなんだ？　人間って色々あるね～」

ルカは首を傾《かし》げると、興味津々な顔で尋《たず》ねる。

「で？　どうするの～？」

「ど、どうってなにを⁉　別になにも、なあ？」

将人はモニクを横目で見て確認する。

「そうよ。別になにもしないわよ」

そう言いながら、モニクは少しだけ将人から離れる。

「どうしたの？　モニクも社長も赤くなっちゃって。会社のことだけど？」

ルカはわかってからかっているのか、じ～っと返事を待っている。

将人は居心地《いごこち》悪そうに咳払いすると、

「まずは現地で調査だな」

そう言った。


「というわけで、みんなにも手伝って欲しい」

翌朝、朝食が終わったところで、将人は社長室のドアを背にして口を開いた。事務所のソファやイスに六人全員が神妙な顔で座っている。

「あのー、具体的にはなにをすればいいんでしょう？」

クレアが不安そうに手を挙げる。

「密偵みたいですね」

反対にダグマルはワクワクしている。

「難しいことはしなくていい。噂の出処《でどころ》を探るんだ。そのために誰から僕らの会社の噂話を聞いたのか、それとなく尋ねてみて欲しい。あくまでも、世間話の延長としてね。店で飲んだり、買い物をしたついでってことで」

「でも、そんなことをしていたら仕事ができないのではないですか？」

テレージアらしい真っ直ぐな問いに、将人は笑顔で答えた。

「安心してくれ。仕事はない」

「別の意味で安心できないだろ」

アザミノが苦笑する。

「とにかく、これがなんとかならないと仕事も来なくなるんだ。僕が不甲斐《ふがい》ないばかりに本来の仕事以外のことまでお願いしなきゃいけなくなった。申し訳ない、みんな」

将人は深く頭を下げた。

「社長……」

全員が沈痛な表情になる中、アザミノがしょうがないなとばかりに笑い声を上げた。

「社長が頼りない分、私らが頑張るしかないさ。だろ？」

社員全員が顔を互いに見合わせ、誰からともなく笑いが起こった。

「だよね～！」

ルカの言葉にさらに全員がリラックスした表情になった。

「情けない社長でごめん」

もう一度頭を下げる将人。

「それで、社長はどうするんですか？」とクレア。

「僕は今まで世話になった人たちに挨拶《あいさつ》してくる」

クレアが真っ青な顔をした。

「ま、まさか、死んで身の潔白《けっぱく》を証明しようなんて⁉　聖職者としてそれは許せませんよ！」

「縁起でもないこと言わないでくれよ」

将人は苦笑を浮かべながら首を振った。

「数少ない味方になってくれるかもしれないんだ。きちんと説明して理解してもらう。その上でなにか情報がないか訊いてくる」

「よかったぁ」

クレアはほっとして胸をなで下ろした。

「とりあえず、夕食時に集合。それまでよろしく頼むよ」

「はいっ！」

小気味がよいほど揃った声に、将人はひとつうなずいて号令を発した。

「よし、行くぞ」

こうして、会社の信用を取り戻すための戦いが始まった。


社長室で準備をした後、将人が事務所に戻ると、ふたりが残っていた。モニクとシルヴィナだ。

「私も一緒に行くわ」

モニクがちらっとシルヴィナに挑戦的な視線を向けて言い放った。

「いや、ここは僕ひとりの方がいいだろ。謝罪に行くんだから」

「でも、もし、これが誰かの陰謀《いんぼう》だとしたら、社長を襲うかもしれないじゃない」

「それは、そうだな……」

そこまで考えていなかった自分の迂闊さに呆れ、将人は呻《うめ》いた。

「だから、私が一緒に行った方がいいわ」

「わかった。頼むよ。何から何まで悪いな」

将人がうなずくと、これまで一言もしゃべっていなかったシルヴィナが口を開いた。

「私も参りますわ」

「いや、それじゃ多すぎだし……」

モニクと一緒じゃ居心地が悪くなるしとは言えずに言葉を濁《にご》した将人だが、先にモニクが応じた。

「いいわ。一緒に行きましょ」

「いいのか?」

意外に思いつつ、将人はモニクを見る。

「まだこの街に慣れてないならひとりで行くよりいいと思うし」

「ありがとうございます、モニクさん」

シルヴィナがモニクに笑みを向ける。

「どういたしまして」

モニクも妙に明るい笑みを返す。

「……そうか。じゃあ、行こうか」

将人は背後から感じるピリピリした雰囲気に怯えながら事務所を出た。

2

「どこから行くの？」

通りを歩きながらモニクが声をかけてきた。将人はメモ帳を見ながら答える。

「そうだな。ガストンとグレッグのところだな。あと、ブックマン。会社を作る時に世話になったし。それからお得意さん——エルビスとマーカスくらいはね」

「わかったわ」

モニクはうなずき、先頭に立って歩き出した。シルヴィナは無言で将人の後ろに続く。

大通りを行くと、あちこちから視線が向けられるのを感じた。気のせいかと思ったが、そうでもない。しかも、男の視線が多い。

敵がいるのか？

そう考えて緊張した将人だが、すぐに気づいた。一緒にいるモニクとシルヴィナが人目を惹きまくっているのだ。

元の世界でこんな美少女と美女を引き連れて歩く機会なんかなかったもんな。

将人は今さらながら自分の境遇の変化に思いを馳せてしまった。同期の連中、これを知ったら自分もこっちに来たいなんて言い出しかねない。

そんなことを考えながら、まず最初に訪れた酒屋のグレッグは昼の営業準備で店に出てきていた。

「グレッグさん」

将人が声をかけると、グレッグは振り向いて笑った。

「おう、評判の悪い傭兵屋《ようへいや》――おっとっと、今のは聞かなかったことにしてくれ」

「いいですよ。噂は聞こえてるから」

将人は苦笑するしかない。

「そうか。大変だな」

グレッグはあんまり同情していないような顔でニヤニヤしている。

「店の中でもそういう噂を声高にするヤツがいるんだよな」

「常連さんの中でも広まってるのか」

「そうだなぁ。常連以外の客が話題にしてるからなぁ」

「常連以外？」

「ちょっとガラの悪い客がちょいちょいいるんだよな。まあ、金払いはいいし、面倒は起こしてないから気にしちゃいなかったけどな」

「そうですか」

将人がうなずくと、代わりにモニクが尋ねた。

「そのガラの悪い客ってどんな人なの？」

「黒っぽい服でナイフやら短剣を見せつけるみたいに腰にぶら下げてたなぁ。金持ちなのか、アクセサリーもジャラジャラつけてたし。ありゃぁ、相当遊んでる連中だね」

繁華街《はんかがい》のチンピラってこの世界でも同じイメージなんだなと将人は思った。

「その人たちがどういう人かわかりますか？」

「いや、わからないなぁ。常連客ならわかるかもしれんが」

「それじゃ、夕方に出直した方がよさそうね」

モニクはそう言って、将人を振り向いた。

「ここはもういいわね」

「それじゃ、グレッグさん。またよろしく」

将人は礼を言ってすぐ近くの防具屋のガストンのところへ向かった。

声をかけると、ガストンはなめし革を器用に切っているところだった。胸当ての形をしている。この後、袋状に縫い、中に詰め物をして形を整えるのだ。それにしても数が多い。

「お？　なんだい、別嬪《べっぴん》さんをふたりも連れて？」

「お世辞をおっしゃってもなにも出ませんわよ？」

シルヴィナがニッコリと微笑《ほほえ》むと、堅物のガストンが相好《そうごう》を崩した。

「あんたみたいな胸にあう鎧《よろい》を造ってみたいもんだなぁ」

セクハラだよ、それ。

内心で突っ込みながら、この世界にはそんな概念はまだないんだろうなと笑って話題を変える将人である。

「忙しそうですね」

「まあな。最近、大口の注文がいくつか入ってな」

「大口って、どこかで戦争でも始まるんですか？」

「そういう訳じゃなさそうなんだが、おまえらみたいな傭兵が増えてるんだろうな」

「盗賊とかチンピラ相手には商売してませんよね？」

「なんだとぉ？　これでも真っ当な商売してんだ。盗賊なんぞに俺の鎧を使わせてたまるか！」

「いや、疑ってるわけじゃないんです。ちょっと、色々あったもんで」

「ああ、噂は聞いた。あんたは約束を破るようなヤツじゃないと思ってるが……」

ガストンはちらっと将人を見て言葉を濁す。そして、声を潜《ひそ》めて、言いにくそうに付け加えた。

「実は噂なんだがな。今やってる仕事はあんまりいい噂を聞かない相手からの注文なんだがな」

「なんでそんな仕事を？」

「貴族様なんだ。金払いもいいし、断ったら後から問題がありそうでな」

「貴族、ですか。あんまり関係なさそうな世界だなぁ」

日本には貴族なんていなくなってたし、実感がないなと将人はぼんやり考えた。が、不意に気づいた。モニクは領主なんだから貴族なんじゃないかと。

将人は隣に立つモニクを横目で見た。意志の強そうなキリッとした目が真っ直ぐにガストンを見ている。

「貴族ってどこの？」

モニクの問いにガストンは黙ったまま、焼き印の鉄棒を突き出した。革に焼きつける模様が先端にある。平行に並んだ三振りの剣が葉っぱを貫いている絵柄だ。

「……アングレイ家ね」

モニクがつぶやく。

「俺はなにも言ってないからな」

「わかってるわ」

モニクはうなずいた。

「どういうこと？」

将人はわけがわからずにふたりの顔を交互に見た。

「後で説明する」

そう言うと、モニクはガストンに頭を下げて歩き出した。将人はその後を追う。

「あの焼き印はなんだったんだ？」

「あれは紋章《もんしょう》。貴族の持ち物だって印をつけるわけ」

「へえ。家紋《かもん》を和服に入れるようなもんか。ウチにはないけど。で、それがアングレイ家ってことか」

「そう。アングレイ家は新興《しんこう》貴族なのよ。金で家柄を買ったって陰口《かげぐち》を叩かれてる」

「貴族って金で買えるのか？」

思いがけない事実に将人は驚いた。

「没落《ぼつらく》した貴族から買ったり、跡取りがいない貴族と結婚したり、息子を養子に入れたりしてね」

「へー」

「それでも、そんなに評判が悪いわけじゃないのよ、アングレイ家は。面倒を起こしてるって話も聞いてなかったんだけど……。それなのにあんなに防具を発注するなんてね」

「でも、ウチの会社とは関係なさそうだ。貴族がからんだ仕事なんかやったことないし」

「そうなのよね」

相づちを打ちながらも、モニクはどこか引っかかるものを感じているのか、眉間《みけん》に縦じわを寄せている。

「あなたはなにか心当たりないの？」とモニクはシルヴィナに視線を向ける。

「私ですか？　貴族様とはお付きあいがありませんから」

「そう？　あちこち行ってるみたいだから、知り合いがいるんじゃないかと思ったんだけど」

「お役に立てずに残念ですわ」

シルヴィナはふっと笑って応じる。

ふたりのやりとりになんだか言外の攻防があるような気がして、将人はなんとなく居心地の悪さを感じた。モニクはシルヴィナに対抗心を抱いているのだろうか？　だとすれば、なににだろう？

まさか、な。

将人はふと浮かんだ答えに首を振った。答えなんてもんじゃない。ただの妄想・願望だ。モニクが僕を……だなんて。

「えーっと、じゃあ、次に行こうか」

声をかけて、情報屋のブックマンの家に向かった。

が、まるでチケットショップのような店は閉まっていた。声をかけても反応がない。

「ブックマンさんは留守みたいだな。後にするか。マーカスさんのいる都市管理局に行こう」

マーカスはこの都の設備管理をしている。元の世界で言うと、東京都水道局の職員という感じか。下水道の害獣退治を何度も請け負っているお得意様だ。

と、将人は通りの反対側から歩いてくる大柄な姿に気がついた。

「エルビスさん！」

声をかけると、美食家で有名なエルビスは手に持った大きなカゴを掲《かか》げた。

「おお、傭兵社長じゃないか」

「この度はお騒がせして申し訳ありません」

「なんのことだね？」

エルビスは目をパチパチと瞬かせる。

「イヤな噂が出回ってる件で――」

「噂？　私はそんな食えないものにかかずらっている暇はないのだ。新たなる甘美な食材が私に食べられるのを待っているのだからな」

「は、はあ……」

そうだった。この人の世界は食い物を中心に回っているんだったと将人は思い出した。

食えないゴシップなんかに興味があるわけがない。

「それよりもな、今日は新たなキノコを探しに森に行っていたのだ」

カゴの中には見たこともない奇妙な形のキノコが詰まっていた。

「うわっ、動いてるよ、これ？」

のぞき込んだルカが驚いて飛んで逃げる。中のひとつが明らかにもぞもぞと動いていたのだ。

「……見たことないですね」と将人も引きつった顔で愛想笑いを浮かべる。

「そうだろうそうだろう。偶然が味方したのだよ」

「偶然、ですか？」

「そう。偶然だが、必然でもある。私のように食に全てを捧げていると神が手を差し伸べてくれるのだな。森に行くと、黒ずくめの集団が古びた砦の辺りに集まっていてね。物騒だったので木の虚《うろ》に隠れたのだよ。そこでこのキノコを見つけてね。いや、素晴らしい香りだ。どんな味がするのか楽しみでよだれが出そうだ。いかん、早く戻って新鮮なうちに調理させねば。では、失礼するよ」

足取りは踊るように軽やかに、エルビスは帰っていった。

「毒キノコじゃないのを祈るしかないな」

「貴重なお得意さんを失いたくないわね」

将人とモニクはエルビスの後ろ姿を見送ってつぶやいた。

「それよりも、黒ずくめの集団って……」

歩き出したところで、将人は気になったことをつぶやいた。

「なんか、イヤな話ね」と先を行くモニク。

「少なくとも、黒ずくめとか貴族とかが僕らの近くに大勢いるのはわかったけど……」

「それが関係してるのかどうかはわからないってことよね」

そう言うと、モニクは隣のシルヴィナを見た。

「なにか意見はない？」

「残念ですけれど、キノコのことは詳しくなくって」

シルヴィナはニッコリと微笑んだ。

「そうじゃなくて黒ずくめの貴族のことよ」

「あら、ごめんなさい。存じませんわ。お役に立てなくてすみません」

「役に立たないなら来なけりゃよかったのに……」

「あら、私たちが役立つようなことがない方がよろしいでしょう？」

シルヴィナはそう言って杖を掲げる。

「いっそ、襲ってきてくれた方が手っ取り早くていいんだけどさ」

モニクは誰に言うでもなくつぶやく。

「あらあら、血の気が多いことですわね。せっかくの綺麗な顔が台なしですわよ？」

にこやかな笑顔を浮かべるシルヴィナに、モニクは笑みを返した。

「心にもないこと言ってるでしょ？」

「そんなことありませんわ。ねえ、社長さん？」

いきなり話を振られて、将人は反射的に応じてしまった。

「もちろん」

「……そう？」

真剣な表情でモニクに見つめられ、将人は慌てて慣れない言葉を探す。

「ええっと、初めて会った時、あんまり綺麗だからモデルか俳優かと思ったよ」

「もでる？」

「ええっと、モデルっていうのは綺麗な服着て皆に見せる仕事なのかな。モニクみたいな子供もいっぱいいるんだ」

「子供？　どうせちっさいわよ」

すねてしまったモニクはひとりでスタスタ歩き出す。

「モニクに子供とか言ったらダメじゃないの～」

苦い顔で耳打ちするルカ。

「失敗した……」

将人は顔をしかめて呻くと、正面を見てふたりに声をかける。

「あ……それより着いたよ」

目の前にドンと厳《いか》めしく立つのは煉瓦《れんが》の建物。

都市管理局は街の中央にある城の近くにある地味な建物だ。飾りの彫刻などひとつもなく、仕事優先という雰囲気を醸《かも》し出している。

「マーカスさんをお願いします」

受付に言うと、ほどなくマーカスがやって来た。

「珍しいですね。どうしました？」

尋ねるマーカスに、将人はこれまでと同じように噂の話をして、迷惑が掛かっていないかと訊いてみた。

「ああ、あの噂ですか。こちらとしては料金分の仕事をきちんとこなしていただければ問題はありませんよ。苦情を言ってこられたら、理由を明記の上、書類で提出していただきます。ほとんどそんな面倒なことをする人はおられませんが」

ニッコリ笑うマーカスに、将人は役所らしいしたたかさを感じた。

「あ、そういえば、昨日、キミたちの会社の前を通ったんだけど、見かけない人が事務所に入っていくのを見たな」

思い出したように言うマーカス。

「誰でした？」

「顔は見てないけど、男だったから覚えてるんだ。ほら、キミらの会社って綺麗な女の子ばかりだろ？」

マーカスがちらっとモニクとシルヴィナに視線を向ける。

「うちの社員に色目は使わないでくれるかい」

将人は冗談めかして言うと、尋ねた。

「昨日のいつ頃だったか覚えてますか？」

「昼前だよ。昼食に行こうと急いでたから」

将人はモニクと顔を見合わせた。時間的に誰もいなかった時だ。

「これで決まりね」

「ああ」

将人はうなずいた。

「どうかしたんですか？」

不審そうな顔をするマーカスに、将人は笑って礼を言った。

「おおい、傭兵社長」

都市管理局を出たところで、声をかけられ、将人は足を止める。

「ええと、どちら様でしたっけ？」

見覚えのない若い男に将人が申し訳なさそうに訊く。次の瞬間、視界はモニクとシルヴィナの背中で遮《さえぎ》られた。ふたりが武器を構えて将人の前を塞《ふさ》いだのだ。

「待て待て！　俺だよ、俺‼　ブックマン！」

剣と杖を突きつけられて、若い男は慌てて叫ぶ。

将人はふたりの肩越しにその顔をじっと見る。将人が会ったブックマンよりも一〇歳は年齢が若い。

「ほら！」

そう言って、若い男はビン底メガネをかけてみせた。それで印象がかなり変わる。

「ブックマンさん？　全然わかりませんでした。いや、どうしてそんな変装してるんですか？」

「これでもいろいろ情報を扱ってるんでね。敵も多いんだよ。今のあんたと同じさ」

「僕と？」

「注意した方がいい。あんた、狙われてるぜ」

「だ、誰に⁉」

将人は緊張した顔で周囲を見回す。

「今すぐ命を取ろうって連中じゃない。会社を潰そうって魂胆《こんたん》らしい」

「やっぱり……」

モニクが硬い表情でつぶやき、将人はブックマンに詰め寄る。

「いったい誰ですか？」

「おっと、こっから先は有料だ。ヤバイ情報だから高いぞ」

「そんなぁ……」

「ひとつだけ大サーヴィスでヒントだ。貴族の誰かの機嫌を損ねるようなことはしなかったか？」

「貴族？　また貴族か……」

「目星をつけてるのか？　やるね」

「そんなんじゃなくて、ぼんやりしてるんだけど……」

「まあ、お得意様だから潰れないで頑張ってくれよ。それだけ言いに来たんだ」

そう言って、ブックマンは将人の背中を叩き、飄々《ひょうひょう》と去って行った。すでに後ろ姿は見知らぬ若者だ。

「なんだか、凄い人だな……」

将人は茫然《ぼうぜん》と見送った。

3

昼食の後、他の得意先にも挨拶を済ませた将人たちは、陽《ひ》が暮れる前に事務所に戻った。すでに数人が戻り、手分けして夕食を作っているところだった。残りもほどなく戻ってきたため、食事が終わってから報告を聞くことになった。

そこで、全員が聞き込みをしてきた結果をまとめると——。

あちこちで噂を広めてるのは四、五人の若い男。男の服に紋章があったのを覚えていた客がいた。紋章のデザインは三本の剣に葉っぱ。

「決まりだな」

アザミノが不敵に口元をゆがめる。

「アングレイ家の誰かがこの会社を狙ってるってことだね」

「でも、どうしてですか？」

クレアが不安顔で皆を見る。

「社長、なんかやったんじゃないの～？」

「なにをやるんだよ、ルカ？　貴族なんて会ったこともないんだぞ？」

「それとは知らずに石を投げてぶつけたとか？」

「あるいはなにか盗んだとか？」

「知らずに持って帰っちゃったとか？」

「そうか。事務所を荒らしたのはそれを奪い返しに来たってことかな？」

「だったら、返してくれって言いにくればいいだろ」

「ヤバイ物だから表沙汰にしたくない、とか」

「そんなもの覚えがないって」

社員たちに矢継ぎ早に言われて将人は頭を抱えた。僕って社員になんて思われてるんだろうと不安になる。

と、モニクがなにか思い出したように声を上げた。

「社長、あれは？」

「あれって？」

「初めて会った時に襲われてたでしょ」

「そういえば、あの盗賊も黒い服着てたよね～」

ルカに言われて、将人はあの時のことを思い返した。そして、口を大きく開けた。

「あーっ！」

全員が将人に視線を向ける。

「どうした、奇声を発して⁉」

アザミノがからかうのも無視して、将人は背負ったボディバッグを前に持ってきてファスナーを開けた。中を探して、底の方から小さなものを取り出す。

「これだ！」

将人はブローチを掲げた。襲われた馬車の下に落ちていたものだ。

「え⁉」

意表を突かれたというような声を上げたのはシルヴィナだった。

「どうした、シルヴィナ？」

「いえ、なんでもありませんわ」

そうは言ったが、シルヴィナの顔は強ばっていた。

「それ、魔法の力を感じます」

じっと見ていたクレアが言い、将人がブローチをシルヴィナに向けようとする。

「魔法ならシルヴィナに――」

「待って！」

モニクが将人とシルヴィナの間に飛び出した。

ほとんど同時にシルヴィナが立ち上がる。

「ごめんなさい」

シルヴィナは一言つぶやき、杖を構えた。

モニクは将人を後ろに押しやり、剣の柄に手を掛けた。剣を抜くより早く、煙が部屋に立ちこめる。

「社長、それ手放さないで！」

モニクの叫びに、将人は反射的にブローチを握りしめ、床に伏せた。すでに視界は真っ白だ。その中を将人は這いずって進む。入り口のドアを開ければ空気が流れて煙幕《えんまく》も晴れるかもしれない。

が、目の前に鮮《あざ》やかな朱《しゅ》の服が立ちはだかった。

見上げるまでもなくシルヴィナだ。

「渡して！」

シルヴィナが将人の顔に杖を突きつけた。その声音にはこれまでに聞いたことのない切羽詰《せっぱつ》まった感情が感じられた。

が、将人は首を横に振る。

唇をかみしめたシルヴィナは杖を持つ腕にぎゅっと力を込めた。

殺られる。

将人はそう感じながらも、シルヴィナを真っ直ぐに見すえる。

強ばった表情のシルヴィナは不意に身を翻《ひるがえ》すと、煙の中に消えた。

「玄関から外に逃げたよ！」

アザミノが足音から動きを察して叫ぶ。

「任せて！」

モニクが素早く後を追う。

玄関よりも窓の方が近いと判断したモニクは跳び上がって窓に体当たりをかませた。観音開きの窓は衝撃で外れ、モニクは外に転がり出る。

シルヴィナは玄関から駆け出し、ちょうど窓の方に曲がったところだった。危うくモニクとぶつかりそうになって足を止める。

「逃がさないわ！」

地面に片手をついて、モニクが長剣を突きつける。

シルヴィナはなにも言わずに杖を振り上げた。ハンマー状になった方を上にしてだ。ブンッと風を断って振り下ろされたハンマーはモニクの頭を狙っていた。もちろん、当たれば致命傷。

モニクは剣で受けるようなことはしなかった。横っ飛びにかわし、起き上がりざま、長剣を薙《な》ぎ払う。狙いはシルヴィナの足だ。

シルヴィナの攻撃はかわされ、ハンマーはなにもない地面にめり込んだ。そこにモニクの剣の一閃。

しかし、そこにシルヴィナの姿はなかった。ハンマーが地面に当たると同時にその勢いを生かして宙を舞っていたのだ。

一回転してトンと着地した時にはハンマーは再び胸元にあった。

「接近戦では少しだけ不利かしらね」

杖を掲げ、呪文《じゅもん》を唱《とな》えようとしたシルヴィナが不意に動きを止める。首筋に鋭い輝きを放つ刃が当てられていた。

「そこまでにしてもらうよ」

背後からアザミノが冷たい声を上げた。

「仕方ありませんわね」

シルヴィナは杖を手放し、素直に両手を掲げた。


「まずは、自己紹介のやり直しからお願いするわ」

モニクが促《うなが》す。

シルヴィナは事務所のイスに座らされ、後ろ手に縛《しば》られていた。もちろん、杖は取り上げられている。

「シルヴィナ・フォーレン、職業は詐欺師《さぎし》よ」

捕まって縛られているにもかかわらず、シルヴィナは背筋を伸ばして堂々と答えた。

「詐欺師？」

「ええ。殿方を騙《だま》してお金をいただいているのですわ」

「だから、あんなこと平気でできるのね」

モニクは将人を抱きしめていたのを思い出してシルヴィナをにらむ。

「あ、あれは……」

シルヴィナは将人の顔をちらっと見て、頰を真っ赤に染めた。

「あれは……恥ずかしかったのですよ！　あのようなことをするつもりじゃありませんでしたのに……つい気持ちが……」

「そうなのか？」

思わず将人は聞き返した。

「社長、騙されちゃダメよ！」

モニクが厳しい声を上げた。

「あ、ああ、わかってるけど……」

「ああ、もうっ！　どうして男ってこういうのに弱いのよ!!」

モニクは頰を膨《ふく》らませてそっぽを向いてしまった。仕方なく、将人が質問を続ける。

「えーっと、それより話の続きを。これはなんだい？」

将人はブローチを取り出してシルヴィナに見せた。

「私のものですわ。仕事のためにそのブローチを使っていたのです」

「このブローチで？　どうやって？」

「《化身《けしん》のブローチ》と呼ばれてます。それを身につけて変わりたい相手の姿を思い浮かべると姿を変えることが出来るのです」

「なるほどねえ。それで姿を変えて相手に近づき、酔わせて金を巻き上げて、元に戻っておさらばってところかい？」

アザミノの問いにシルヴィナはこともなげにうなずいた。

「そのような手も使いましたわ」

「いやらしい」

モニクが吐き捨てる。

「ところが、ある時、失敗して見破られたのです。化身した相手がその方のお知り合いだったのです。それで、ブローチを奪われ、返して欲しければ言うことを聞けと。しくじりましたわ」

「それで奪い返しにここに来たのか？」

「ここにブローチがあるなんて知りませんでした。ただ、情報を流せと言われていただけです」

「情報って、つまり、仕事の情報か⁉」

「ええ。ですから、会社に依頼された仕事を奪っていたのは、その男です」

「それで、その相手って誰？　まあ、見当ついてるけど」

モニクの問いにシルヴィナはうなずいた。

「そう。リカルド・アングレイ。アングレイ家の次男ですわ」

その時、いきなり玄関のドアがバンッと開け放たれた。

「なるほどな！　話は聞いたよ‼」

三人組がバッと事務所に駆け込んできた。

「私設騎士団サンシャイン・ナイツのリーダー、ソフィ・ヴュイーヨ！」

「同じく私設騎士――」

「いや、キミたちのことは知ってるから！」

残りふたりも名乗り始めたところで、将人が割り込んだ。

「この名乗りが大事なんだよ」

残念そうに舌打ちするアレナ。

「なんの用だい？　今、取り込んでるんだけど」

「手伝えないかって思ってさ」

ソフィの意外な申し出に将人は驚いた。

「どういうことだい？」

「あれから考えたんだけど、なんかおかしいなって。あんたたちの引き受けた護衛の仕事を盗ったわけだけど、実はその前に仕事を受けてたんだよね」

ソフィの後をアレナが続ける。

「あなたたちと出逢った三叉路《さんさろ》で待ち合わせって指定があったんだけど、来なくてね。帰ろうとしたらあの隊商が来て」

「困ってらっしゃるようでしたので、お助けしたわけです」

最後はセイディが締めた。

「つまり、最初の依頼はキミたちをその場所に行かせるためのニセの依頼だったたってことか？」

「そう考えると、わかるわけよ。なんだか怪しい依頼人だったしさ」

将人の問いにソフィが肩をすくめる。

「その娘たちの言うとおりですわ」

シルヴィナが口を挟んだ。

「実際にやるところを見たわけではありませんから詳しくは存じませんけれど、待ち合わせ場所の目印を移動したり、先回りして奪ったり、待ち合わせ時間の変更を相手に伝えたり。まあ、色々と面倒なことをされていたようですね」

「手間の掛かることとするなぁ」

将人は思わず感嘆の声を上げてしまった。

「感心してる場合じゃないでしょ！」

「そうでした……」

モニクにビシッと言われ、将人はバツが悪そうに小さくなる。

「他人事《ひとごと》みたいに言ってるけど、あなただって仲間でしょ」

「私は脅《おど》されて協力させられていただけ。仲間なんかではありませんわ」

シルヴィナが嫌悪感もあらわに否定するのを見て、将人が尋ねる。

「シルヴィナ、キミはこのブローチを奪われて、返してもらうために協力していた。それだけか？」

「そうですわ」

「これはキミにとってそれくらい大事なもの？」

「それは……母の形見です。私が幼い頃に亡くなった。そのブローチがなければ、私はもっと早く死んでいたでしょう。お守りのようなものなの。だから、どうしても取り戻したかった……」

シルヴィナはイスに縛られたままうなだれた。その様子に同情しながらも、将人はモニクの険しい表情に圧されるように質問を続ける。

「で、そのリカルド・アングレイってどんなヤツなんだ？　多分、僕を襲ったヤツがそうなんだろうけど」

「そうですね。簡単にいうと、イヤなヤツですわ。ねちっこくって、金でなんでも買えると思っている最低の男」

穏やかな口調がリカルドのことになると、言葉づかいが乱暴になり、隠しきれない負の感情が出る。

「金を盗んでる人に言われたくないでしょうね」

モニクに言われ、シルヴィナが言い返す。

「私は……私は必要な分しか盗ってませんわ。それに持ってる人からしか盗らない。でも、あいつは違う。全部奪おうとする。金だけじゃなくて……」

言いよどんだシルヴィナを全員が痛ましい目で見る。

「……そっか。奪われちゃったのか」

ぽつりとアザミノがつぶやく。

その意味するところを悟って、シルヴィナは顔を真っ赤にした。

「ち、違いますから！　私は、まだ！」

そう叫んで立ち上がり、抗議するように手を上げた。

「え？」

全員の目がシルヴィナの手に集中した。

「あ！」

しまったと顔をしかめるシルヴィナ。

シルヴィナの腕を縛っていたはずのロープはいつの間にかほどかれて腕からぶら下がっていた。

「つい、興奮して……縄抜けは得意なので……」

「ぎっちぎちに縛り直す！」

モニクが出ようとするのを、将人が笑いながら止めた。

「もういいよ」

「でも、また逃げるわ！」

「シルヴィナは逃げないよ。ね？」

将人はシルヴィナに笑みを向ける。

「どうして？」

戸惑った顔で尋ねたのはシルヴィナだった。

「だって、逃げてもブローチはここにあるんだし、リカルドから身を守る必要があるだろ？　リカルドはシルヴィナの正体がバレたのを知らないし、ブローチがどこにあるのか知らない。だから、シルヴィナはここにいた方が安全だ。違うかな？」

「それじゃ、さっき逃げようとしたのは？」

「ブローチを取り戻せないと思ってとりあえず逃げたのかな？　正体がバレたらいられ

ないもんね」

将人の問いにシルヴィナは小さくうなずいた。

「それに、シルヴィナは僕を殺してブローチを持ち去るチャンスがあったのにしなかった。だから、信じるよ」

「あーあ、社長ってお人好《ひとよ》しすぎるわ」

モニクは頭を抱えると、こそっとつぶやく。

「まあ、そういうとこがいいんだけど……」

「え？」

将人が思わず聞き返すと、モニクは慌てて付け加えた。

「って、別に好きだとかそういうんじゃないから！」

「懐《ふところ》が広いって言ってやりな」

アザミノは笑いながらモニクの肩をポンと叩いた。

「それじゃ、これからの作戦を考えようか」

将人はどことなく不敵な笑みを浮かべると、サンシャイン・ナイツにも視線を向ける。

「キミたちにもお願いしたいことがあるんだ」

「そうこないとね！　私設騎士団サンシャイン・ナイツ、参戦するよ‼」

ソフィが元気な声を上げた。

6章 噂の企業戦士

1

「ヤツら、大分へばってきましたぜ、リカルドさん。もうすぐ音を上げるんじゃないですか？」

黒で固めた服を着た若い男が笑いを浮かべながら言う。

部屋には三人の男がいた。今言葉を発した男の他に、似たような格好の男。それに、もうひとり。こちらがリカルドと呼ばれた男だ。明らかに他のふたりよりも金の掛かった服。それに長剣を腰に下げている。

「まだまだだ。もっと徹底的に、立ち上がれないくらいに叩く」

リカルド・アングレイは憎悪《ぞうお》を吐き捨てた。

整った顔にカミソリで切ったような細い目。そして、尖《とが》った顎《あご》のライン。長身で細身の体格。トゲトゲしいという形容がこれほど似合う男もいないだろう。

「でも、あんな小者なんか力でねじ伏せてやればいいでしょ？　どうして、こんな回りくどいことするんで？」

「そうそう。走り回らされた俺たちの身にもなってくださいよ」

ふたりの腹心はうんざりした顔をした。よほど走り回って細工をさせられたのだろう。

「この俺に恥をかかせやがったんだ。そんなに簡単にくたばらせてたまるか」

ふたりの抗議に、リカルドは吐き捨てた。

「それに、俺に刃向かった小娘はワロキエ家の跡継《あとつ》ぎだ」

「ええっ？　公国レマルギアの貴族ですか？」

「あの連中が短期間で商売を成功させた裏には、あの娘の力があるのかもしれん。男の方はどうしようもない軟弱野郎だったからな。障害になるなら今のうちに潰しておく。それも、二度と俺に刃向かう気がなくなるように徹底的にだ。そして、あの娘を力ずくでものにしてやる。そうすれば、成り上がり貴族のアングレイ家次男なんて冴《さ》えない身分から、ワロキエ家当主様だ。ついでにアングレイ家当主の座も兄貴から奪い取れば、名門の仲間入りだって夢じゃない」

「いいですねえ」

「その時にはオレも貴族にしてくださいよ」

「いいぜ。安いもんだ」

リカルドは引きつったような笑い声を上げた。

「後はシルヴィナだな。あいつからの伝言だと、最近は警戒してあの男はモニク以外を近づけさせないと言ってきやがった。多分、例のブローチもあの男が隠し持ってるんだ」

「役に立ちませんね、あの女。さっさと奪ってくりゃいいのに」

部下の言葉にリカルドは蔑《さげす》んだ目をする。

「おまえはバカか？　ブローチのことを言うわけにいかないだろが。見つけたら、その場で逃げる。姿を変えられたら見つけられないだろ」

「そうでした」

「あいつはどうでもいいが、ブローチは別だ」

「いい女だってのにもったいないですね」

「そんなにご執心《しゅうしん》なら戻ってきたら好きにすればいい。この一件が片づきゃ用なしだ」

「じゃあ、オレがものにしますぜ」

「できればな。手を焼くぞ。ブローチを奪ってなけりゃ、言うことを聞かせるのは難しかったからな」

「そこはもう、オレの得意技で」

男はニヤリと笑って腰の縄を示した。

「この好き者め」

リカルドは口を歪めて笑う。

と、遠慮がちなノックが響いた。

「お食事持ってきました」

「入れ」

入ってきたのは三人の少女たち。テーブルにシチュー皿とパンなどを置くと、一礼して出ていった。

「あいつらは？」

リカルドが少女たちの去ったドアの方に顎をしゃくった。

「二日前に新しく入ってきた三人組の傭兵《ようへい》ですよ。ほら、あいつらを邪魔する時に使った連中」

「ああ、隊商の護衛の仕事を邪魔したんだったな」

「あの一件であいつらと揉《も》めたんで、俺たちと手を結んだ方が賢明だって判断したみたいです。結構、頑張ってくれてますよ」

「賢くて要領のいい方が生き残るんだ。覚えとけよ、おまえら」

リカルドはニヤッと笑った。

「しかも、女なら別の楽しみ方もできる」

「違いねえ」

「しかし、今の三人はもうちょっと育てねぇとな」

男たちは胸に両手を当てて下卑《げび》た笑いを浮かべた。


「……聞こえてんだって」

アレナはドアに耳をつけながら、殺気に満ちた顔でささやいた。

「盗み聞きしてるのがバレるよ」

ソフィが声を潜《ひそ》めてアレナを引っ張る。

「行きますよ」

パンを入れていたバスケットを下げたセイディはあくまでも普通に歩き出した。

三人がこの古びた砦にやって来て二日。雇《やと》ってくれと乗り込んだところ、拍子抜けしそうなほど簡単に入れてもらえた。もっとも、まだ作戦には加わっていない。もっぱら食事の支度《したく》や買い出しだ。

「でも、思ったよりも規模が大きいね」

ソフィのつぶやきにアレナがうなずく。

「確かに。少なく見積もっても二〇人はいるわ」

「これなら人海戦術で簡単に依頼に細工できるはずですね」

セイディは感心したように言う。

「これであの社長、勝てると思う？　個人的には勝てる側につくのが賢明な選択だと思うけどね」

アレナの言葉にソフィが気色ばむ。

「裏切るっての？」

「そうは言ってない。ただ、不安があるだけよ」

「確かに協力はすると言いましたけれど、契約はしてませんからね」

セイディがのんびりと厳しいことを言う。

「あの社長、甘ちゃんみたいだからね」

「私は裏切るの反対だからね」

「あんたがそう言うなら反対はしないけどね。失敗したら、私がリーダーよ」

アレナは挑戦的にソフィを見る。

「仕事をするなら信用第一！」

ソフィはアレナの言葉を受け流し、付け加える。

「とりあえず、引き受けた仕事はきちんとしないとね。その前に腹ごしらえ！」

「それは異議なし」

アレナがうなずき、三人は厨房《ちゅうぼう》へと向かっていった。

「その後でもう少し調べて、知らせないとね。協力してもらうからね」

ソフィが言うと、ふたりは仕方ないというようにうなずいた。


その頃、当の将人《まさと》たちはといえば、開店休業状態だった。

「ヒ……マ……」

事務所のソファに寝転がって大あくびをする将人。少し開けられた窓からもだらしない格好が丸見えだ。

「ほら、パン焼けたわよ」

モニクがルカと一緒に、香ばしい香りと共に湯気を立ち上らせるパンを持ってきた。

「おー、ありがとう」

将人は手を伸ばしてパンをつかむとかぶりついた。

「シルヴィナのレシピ、やっとマスターしたわよ。今回はレーズン入り」

「お！　旨い‼」

モゴモゴと食べながら声を上げる将人。

「でしょ？　自信作なのよ」

モニクは美味《おい》しそうに食べる将人を見て上機嫌だ。

「なんか、パン焼くのばっかり上手くなってきたな」

「そういう作戦なんじゃないの～？」

ルカがからかうように言う。

「うーん、なんだか、傭兵会社からパン屋に業態変更した方が儲《もう》かるんじゃないかって気がしてきた。傭兵パンって売れないかな？」

そんなことを真顔で言い始めた将人にモニクは思わず声を上げる。

「言っておくけど、パン屋の女将《おかみ》になる気なんかないからね！」

「女将さんってことは、旦那がいるのかな？」

将人が聞き返すと、モニクは一瞬動きを止めて考える。

「え？　やだ、そういう意味じゃ――」

口ごもったモニクは開き直ったように将人をにらみつけた。

「じゃなくて！　こんなので大丈夫なの？」

「多分ね。なにもしないで相手を油断させておいて、時期が来たら一気に討ち入る」

将人は声を潜めて続ける。

「名付けて、大石内蔵助《おおいしくらのすけ》作戦！」

「オーイ・シクラノースキ？」

モニクはオウム返しに訊く。もちろんまったく通じていない。

「えーっと、元の世界で主君の敵を討つ為に、一番の家来が遊び歩いて敵を油断させたって話があってね」

将人は忠臣蔵《ちゅうしんぐら》の説明をしようとしたが、モニクは聞いていない。

「私は社長を信用して、誰もいない会社で仕事もしないで一日中パン作ってるんだからね！」

「うん、美味しくなって嬉しいよ」

「そう？　ありがと――じゃないでしょ！」

モニクが本気で怒りかけているのを察して、将人は慌《あわ》てて真顔になる。

すでに会社にはモニクとシルヴィナ以外は誰もいない。クレアとテレージアとダグマルの三人は昨日出て行ってしまい、アザミノは自分の店からこっちに顔を出さなくなっていた。

「まあ、そろそろなんとかしないといけないいんだけど……」

「なんとかする気はあるんでしょうね？」

モニクが将人に迫った。

と、外で小走りの足音が聞こえ、ドアの隙間《すきま》になにかが滑り込んできた。

「なんだろ～？」

ルカが飛んでいって床に落ちた物を拾い上げる。小さく畳《たた》んだ紙だ。

「来たかな？」

紙を受け取った将人は開いて目を通す。

「サンシャイン・ナイツからリカルドの戦力と砦の様子だよ」

大雑把な見取り図があり、走り書きのメモが添えられていた。

「ちゃんとやってくれてるのね。いきなり協力するって言ってきた時は半信半疑だったけど」

「確認できたのは二四人か。結構多いな」

「大丈夫よ。こっちにも八人いるから」

「二四と八じゃ計算があわないぞ。それにひとり足りない」

「社長は別でしょ？」

「じゃなくて、シルヴィナ」

将人がその名前を口にすると、モニクは複雑な顔をした。

「まだ信用しきれないか？」

「当たり前でしょ」とモニクは頬《ほお》を膨《ふく》らませる。

「でも、サンシャイン・ナイツが送ってきた見取り図はシルヴィナから聞いたのとほとんど同じだよ」

「それはそうでしょ。だって、調べたらわかるんだから、すぐバレるようなウソはつくはずないじゃない」

「うん、まあ、そうなんだけどね」

将人は曖昧《あいまい》にうなずく。

「モニクが信用できないのは別の理由じゃないのかな〜」

なにか言いたげなルカの笑い。

「まだなにかあるのか？」

将人がモニクを怪訝《けげん》そうに見る。

「べ、別にないわよ。おかしなこと言わないの、ルカ！」

拳を振り上げるマネをするモニク。

「あ〜ん、モニクが怒った〜」

ルカは素早く将人の背後に回り込んで将人を盾にする。

「それはともかく、そろそろ動くと思うぞ」

「動くと思う？」

「そう。向こうの方がね。こっちはへばって、社員も辞めた。向こうは戦力で絶対的に有利。さあ、どうする？」

「今が攻め時ってこと？」

「そういうこと」

将人は小さく笑った。

「でも、どうしてそんなこと思いついたの？」

「好きじゃないけど、親父に無理矢理歴史小説読まされたんだよ」

これが上手く行ったら、ちょっとだけ親父に感謝してやろうと将人は思った。


「さあて、そろそろとどめを刺してやるか」

廃砦のアジトではリカルドが楽しそうに細い目をさらに細めて笑った。

「どうやるんです？」

部下ふたりが食いついてくる。

「あいつらの中で厄介なのはモニク・ワロキエだけだ。後はザコしかいない。あの男は腰抜けだ。俺の攻撃に本当に腰を抜かしやがったからな」

「そりゃひでぇ」

ふたりはこらえきれずに笑い出す。

「でも、仲間は見捨てて出ていったって見張りから報告がなかったですか？　もう一気に攻め込めば楽勝でしょ？」

「作戦かもしれん。油断はしない。いつでも先を見ておかねぇとな」

「なるほど。さすがっすね」

「だから、まずはモニクを捕らえる。これを囮《おとり》に連中をおびき寄せて一網打尽《いちもうだじん》だ」

「でも、その一番強いヤツをどうやって捕まえるんですか？」

「そこでシルヴィナの出番だ。あいつにモニクを誘い出させて捕まえる。多少傷がついてもかまわねぇ」

「やりますかね？」

「やるさ。ブローチはこっちにあると思い込んでるんだからな」

「いつ、やります？」

「今夜だ。五人向かわせている」

「さすが手が早いっすね」

「おいおい、勘違《かんちが》いされるような言い方はやめろよ。俺はじっくりと攻めるタイプなんだからな」

そう言いながらも、まんざらでもなさそうにリカルドはニヤニヤと笑った。

2

「モニクさん、起きてますか？」

夜になってモニクの部屋をシルヴィナが訪ね、ドア越しに声をかけた。

「どうかした？」

まだ起きていたのかモニクの声はすぐに返ってくる。

「外に誰かいるわ。連中かもしれません」

「待って。社長は？」

「大丈夫です」

ドアを開けて出てきたモニクはすでに帯剣し、臨戦態勢になっていた。

「裏から出ましょ」

シルヴィナの格好も昼間と同じで、杖も持っている。

ふたりは静かに階段を下り、庭に続く裏口から外に出た。

外はすでに陽が落ち、明かりは中天にかかる月だけ。雲があまりないので、地面に影が見えるくらいの明るさがある。

「どこ？」

モニクが訊くと、シルヴィナは黙って先に立って進んでいく。

庭の中央――練習場まで来ると、シルヴィナは振り返ってモニクを見た。

「連れてきたわよ」

シルヴィナが素っ気ない声で言うと、建物の陰から五人の人影が現れた。全員すでに剣を抜き、油断はしていない。

「やっぱりね」

モニクはシルヴィナに苦笑を向ける。

その笑いをどう受け取ったのか、男のひとりがニヤニヤとして剣を突きつける。

「自分の立場は理解したよな？　いくらおまえでも五人相手じゃ勝ち目な――」

ゴンッと鈍い音がして男の声は途中で途切れた。動きが止まり、体は前のめりに倒れていく。

「どうしたっ⁉」

すぐ隣にいた男が真っ先に気づいた。倒れた男の後ろに斧が落ちている。斬られたのではなく、飛んできた斧に背中を強打されたのだ。剣を抜こうと柄に手を伸ばした瞬間、手に激痛が走る。手のひらを矢が貫いていた。

「罠っ⁉」

声を上げた男にモニクが踏み込みながら剣を一閃。顔面に強烈な一撃を見舞った。斬ったのではない。剣の腹で殴ったのだ。

モニクは倒れた男の頭にもう一撃加えて昏倒《こんとう》させる。

ほとんど同時にシルヴィナが振るった杖が男の顔面にヒットした。文字どおりもんどり打って男は倒れた。

「あら、ごめんなさい」

ぺろりと舌を出すシルヴィナ。

「裏切ったのか⁉」

声を上げて身を翻《ひるがえ》した最後の男は腹に衝撃を受け、昏倒した。

「安心しな。峰《みね》打《う》ちだ」

男の腹にめり込んだ刀をスッと外して、手首をひねりながら器用に鞘《さや》に収めたのはアザミノだ。

「これで終わりだな」

アザミノは倒れた男を見渡してそう言った。

五人の男たちはほんの数秒で倒された。しかも、全員殺してはいない。手を射抜かれた男は首筋への一撃で気を失わされている。

「ご苦労様。他には？」

モニクがアザミノに声をかける。

「いないね。完全に油断しきってたよ。まさか自分たちが尾行《つけ》られてるなんてつゆほども思ってないって感じさ」

「よかったわ。こっちはこの人がいつ裏切るのかってハラハラしたけど」

モニクがシルヴィナに冗談かどうかわからない口調で言う。シルヴィナは不満そうに言い返した。

「まだ信じていただけないのですか？」

「これが無事終わったら考え直してもいいわ」

「いっそのこと、決着をつけた方がよろしいですか？」

シルヴィナはニッコリと笑みのままで怖いことを言う。

「前に負けたじゃない？」とモニクも負けないで笑い返した。

「あれは力だけでしょう？　私には魔法もあるのよ」

そう言ってシルヴィナは杖を掲《かか》げる。

「やるなら、いつでも相手してもいいけど？」

モニクはシルヴィナを見て剣を示す。

そんな険悪な雰囲気をぶち壊すように明るい声が駆けてきた。

「上手く行きましたね！」

ダグマルが身を隠していた宿舎二階から下りてきたのだ。テレージアとクレアも一緒だ。テレージアは真っ先に投げた斧を回収しに向かう。

「背中にグサッと刺さるかとハラハラしました。服に穴が空くと困りますし」

クレアは敵が死んでいないのを確認すると、ホッとした顔をした。

「投斧で気絶させるのは難しいんです」

大事そうに斧を腰のホルスターのようなケースにしまう。

「それじゃ、服を脱がすわよ」

モニクは威勢よく言ったものの、ズボンに手を掛けたところで動きを止めてしまった。

「なに硬直してんだ？　上着とズボン脱がすだけなんだから、なにも見えないさ」

アザミノがてきぱきと脱がしていくのを見て、どうしてもそれ以上できないモニクは奥の手を使った。

「社長！　手伝って‼」

ルカと共に駆け出してきた将人は様子を見ると、ホッとした顔になった。

「スムーズに行ったみたいだね」

「こっち！　早く！」

モニクに急かされて、将人は服を脱がせ始めた。全員気を失っただけなので、手足をロープで縛ってひとまとめにする。

「ほら、早く着替えて」

アザミノが脱がした黒服をテレージアたちに放り投げていく。

「……えっと、では中で着替えてきますね」

服を抱えたテレージアはチラッと将人を見て建物の中に駆け込んだ。それを追ってダグマルとクレアも黒服を持って入っていった。

「恥ずかしがりだね」

アザミノだけは平然と服を脱ぎ、着替え始める。

逆に将人の方が背を向けて着替え始めた。

「目を背けるほど見たくないなんてひどいじゃないか？」

「いや、そうじゃなくて……」

「遠慮なく見てもいいんだよ、社長」

「いやいやいや！」

「ほらっ！」

回り込んできたアザミノがバッと服を脱ぎ捨てた。

「え？」

思わず見てしまった将人の目が点になる。アザミノのFカップはありそうな胸は白い晒《さら》しで覆《おお》い隠されていた。

「こうしてないと変装したって一目で女だってバレるからさ」

「そ、そうだな」

残念なようなホッとしたような複雑な気持ちでうなずく将人。

「ちょっとは期待した？」

アザミノは素早く耳打ちした。

「まあ、この下が見たくなったら、ふたりっきりの時に言いな」

笑いながら、アザミノはさっさと上着を着てしまった。

弄《もてあそ》ばれた気分で将人は黒い服に着替える。ボディバッグを一旦外して上着を脱ぎ、シャツの上にボディバッグをつけてから黒服を着る。窮屈《きゅうくつ》かと思ったが、体格がいい相手だったので余裕があった。

この時、その様子をシルヴィナが横目で見ているのに、将人は気づかなかった。

「用意できた？」

着替え終えた将人は全員の姿を確認する。

アザミノ、テレージア、ダグマル、クレアが黒服を身につけ、髪をまとめて男装した。さすがに身長が低いダグマルなどは一目でわかってしまうが、仕方がない。暗いことでごまかせることを祈るしかない。

モニクを捕らえにくると知らされたため、それを逆手に取ることにしたのが今夜の作戦だった。この後、モニクを捕まえたことにして砦に乗り込む。

「じゃあ、手を縛らせてもらうわ。長剣も預かるから」

シルヴィナがモニクに手を差し出した。

「……社長」

不安そうにモニクが将人を見る。

「僕を信じろ」

「……わかったわ。でも、剣は社長が持っててね」

コクリと頷くと、モニクはシルヴィナに両手を差し出した。

「あんまり緩く縛るとバレるから、ごめんなさいね」

シルヴィナは謝ってからギュッと縛った。モニクが一瞬顔をしかめる。

「よし、仕事と信用を取り戻すぞ」

将人の静かな決意の声に、全員が大きくうなずいた。


砦は街から三キロほど離れた森の中にひっそりとたたずんでいた。

まだ街が大きくなる前、この周囲にいた蛮族《ばんぞく》との戦いでは最前線だったという石造りの砦は、あちこちが崩れ、隙間から草が生えている。外から攻めるには難しい構造になっているが、今ならあちこちに穴があるのではないか。そんな印象だ。

「ここか」

砦の窓から明かりが漏れているところがある。そのどこかにリカルドたちがいるのだろう。

「行こう」

将人を先頭にモニクとシルヴィナ、残り四人の順で真っ直ぐに入り口に向かった。

「止まれ！　誰だ？」

見張りのふたりが誰何《すいか》の声を上げた。

「モニクを捕まえてきたぞ」

将人は緊張しながらモニクを前にして声を上げる。

「おお、やったな。リカルドさんの作戦通りだ」

「リカルドはどこにいるのかしら？」

シルヴィナが見張りに問う。

「さっきまでホールにいたはずだが、多分部屋に戻ってるな。早く行け」

「わかった」

将人はモニクを先に立てて入っていく。

なんとか無事に中に入れそうだと安堵《あんど》した時、

「おい、待て」

不意に見張りの片方が声をかけてきた。

「妙に小さいヤツがいるな。誰だ、おまえ？」

そう言ってダグマルに近づいていく。

「やっぱり無理か」

将人が苦笑したと同時に最後尾のアザミノが動いた。

腰の刀を抜くや相手の腰を狙って一閃。返す刀で反対側の見張りの首筋に一撃。一瞬の出来事だ。見張りは声を上げる暇もなく崩れ落ちる。

「峰打ちだ。まずはふたりか」

アザミノは刀をクルッと回して鞘に収める。

将人は周囲を見回した。

「見られてないかな？」

「大丈夫だと思いますわ。見張りは三ヶ所に分散していますけれど、互いの姿は見えない位置ですから」

シルヴィナはそう言うと、倒れた男を生《お》い茂《しげ》った草の方に引きずっていった。将人も手伝うと、ダグマルとクレアに声をかけた。

「よし、クレアとダグマルはここで待機してくれ」

「でも、私は剣も使えます！」

ダグマルが声を上げる。

「いや、見張りのふりをして欲しいんだ。それにクレアを守る必要もあるし、外からのバックアップも重要なんだ」

「……わかりました」

ダグマルは納得したのか小さくうなずいた。

「もし何かあっても無理に戦う必要はないからね」

ダグマルとクレアにそう言い含めると、将人は全員を見回した。

「行こう」

シルヴィナはモニクの手を縛ってあったロープに手を掛け、端をグイッと引いた。それだけであれだけ固く結んであったロープが簡単にほどける。

「どうやったの？」

驚くモニクにシルヴィナは微笑《ほほえ》んだ。

「それは秘密。信用してもらえたかしら？」

「ちょっとだけね」

答えるモニクは相変わらず硬い表情のまま、将人から手渡された愛剣を受け取った。

「気づかれる前に一気に倒すわよ」

剣を抜いたモニクが先頭に立って通路を進む。

「リカルドの部屋は二階だ。階段はこの先のホールにある」

将人はメモを見ながら確認した。

通路は所々石組みが崩れて水がしみ出しているほど老朽化《ろうきゅうか》しており、この辺りには松明もない。奥に見える明かりがホールだろう。

吹き抜けになった大きなホールに出た途端、木箱に腰掛けて酒を飲んでいる三人の男たちに出くわした。

「なんだぁ、おまえらぁ？」

酔っているのか、ろれつが怪しい。

そのままやり過ごせればと思ったが、そうは行かなかった。

「そこのちっこいおまえ、モニクじゃねぇのか？　なんで剣持って——」

「小さくて悪かったわね！」

男が最後まで言い終えるより早く、モニクは矢のように襲いかかった。

「襲げっ——」

腹に衝撃を食らって声は潰れたが、それでもホールに大きく響いた。

アザミノとテレージアが素早く残りのふたりを倒したが、叫びが聞こえた可能性はある。

「階段へ！」

将人が奥にある階段を指さす。

「動くな！」

いきなり声が響き、矢が将人の足元に突き刺さった。将人は反射的に飛びすさってしまう。かろうじて悲鳴を上げるのだけは抑えたが。

吹き抜けのホールの二階回廊から身を乗り出した射手が弓を構えていた。次は将人の胸を狙うと無言で威嚇《いかく》している。

「炎よ、敵を討て！」

シルヴィナが杖を突き出し、炎を食らった射手がもんどり打って二階から転落する。

が、続々と射手が集まってきた。モニクは盾を構えて階段に走ったが、すぐに矢を射られ、それを叩き落とすのに手間取って足を止められてしまった。

「今度はかわせないぞ」

七人もの射手が一斉に構えるのを見て、モニクは剣を落とした。アザミノとテレージアも得物《えもの》を床に落とす。

その乾いた音が響く中、シルヴィナが将人の手を引いた。

「社長さん、こちらへ！」

シルヴィナは二階からは見えない位置に素早く移動し、そこから将人の背をかばうようにして走る。

「どこに行くんだ？」

「とにかく、隠れましょう」

「でも、あいつらが！」

振り返る将人の腕を強引に引っ張り、シルヴィナは自分を見させる。

「みんな捕まったら意味ないでしょう？」

「……そうか。そうだな」

　シルヴィナは廊下の奥にある階段を上り、さらに廊下を曲がって、その先にある部屋に将人を招き入れた。事前に見取り図を見てはいたが、状況のせいもあって将人には位置が判然としなくなっていた。

「しばらくここで様子をうかがいましょう」

　シルヴィナがドアを後ろ手に閉めた。

「ここは？」

　将人は部屋を見回して訊く。四畳ほどの狭い部屋だ。窓もない。

「私の部屋ですわ。ベッドもあるでしょう？」

　シルヴィナの艶《つや》っぽい声に我ながらバカ正直だと思うほどドクンと鼓動《こどう》が跳ね上がった。思わずベッドに視線を向けて、寝乱れたシーツの跡に目がくぎ付けになる。

「ごめんなさい、社長さん……」

「え？」

　将人が振り向こうとした瞬間、シルヴィナの杖が首筋に振り下ろされた。

　ガツンと強烈な一撃に将人の意識は呆気《あっけ》なく吹っ飛んだ。

3

モニクの前でドアが閉まり、鍵がかけられる重い音が響いた。

「おとなしくしてな。後で全員可愛がってやるからな」

下品な笑い声が去って行った。

「あんたたちにはもったいないんだよ！」

アザミノはドアの隙間から叫んだが、虚《むな》しく響くだけ。

ため息をついたモニクは部屋の中を見回した。

地下の一室だ。元々は倉庫だったのか、家具の類はなにもない。腐りかけた木箱がいくつかあるだけで、床の隅には雨水がたまっている。

閉じ込められたのはモニク、アザミノ、テレージアの三人。武器は取り上げられた上、服の上から全身さわられて隠していたナイフなども取り上げられてしまった。

「……あいつら、覚えてなさいよ」

モニクは思い出して怒りがこみ上げてきたのか、いらいらと声を上げる。

「シルヴィナはどこに行ったのよ⁉」

「社長の手を引いて走って行くのが見えました」

テレージアがうなだれて答えた。

「やっぱり、裏切ったのね……」

モニクは殺気すら感じられる声でつぶやく。

「どうだろうねぇ」とアザミノ。

「社長が危ないわ」

「危ないのは社長の命じゃなくて別のものかも」

モニクにキッとにらまれて、アザミノは『おお怖ぁ』と声に出さずにつぶやいた。

「一刻も早くここから出ないと」

アザミノをにらんでいたモニクは真顔に戻ってドアを見た。狭い鉄格子が小さな窓にはまっている。

「ルカ、外の様子見られる？」

「任せて！」

モニクの髪の中に隠れていたルカは鉄格子をすり抜けると、左右を確認して飛び出した。

しばらくして戻ってきたルカは様子を報告する。

「外にはふたりいるよ。腰に鍵ぶら下げてるけど、あたしにはムリかな～」

「それじゃ、外のダグマルとクレアに知らせて」

「でも、あのふたりじゃ危ないんじゃないか？」

アザミノが言う。確かにクレアは回復専用で戦力にはならない。ダグマルだけで無事やってこられるかどうか不安だ。

「だからって、このままなにもしないで待ってるのは……」

モニクが顔に大きく心配と書いてあるような表情で爪をかむ。

と、ドアの外で見張りたちの声が聞こえた。

「なんだ、おまえら？」

「見張りの交代に来たんだよ」

「そんな話は聞いてなぁっ――」

いきなり派手な音がゴツンガツンと聞こえ、ついでにドアにドンッとなにかがぶつかった。

「私設騎士団サンシャイン・ナイツ、助けに参りました」

ドアの向こうから聞こえたのはセイディの声。

すぐにガチャガチャと鍵の開けられる音がして、ドアが開いた。

「助かったわ」

モニクは外に出て三人に礼を言う。

「私の計画どおりよ」

アレナがクールに帽子を指で持ち上げた。

「そういうわけでもないんだけど……」

モニクの言葉の意味に、捕まっていた部屋を見たソフィが気づいた。

「あれ？　社長さんとシルヴィナは？」

「シルヴィナが社長を連れていったのよ」

「え？　ふたりで逃避行？」

ソフィが急にワクワクした目をして身を乗り出してきた。

「違うから！」

モニクはソフィを押しやり、決然と声を上げる。

「とにかく！　社長を捜しながらリカルドを追い詰めるわよ‼」

そして、腰の辺りを落ち着かなげにまさぐる。

「でも、その前に武器を取り戻さないとね」


「起きろ」

不機嫌な声が狭い部屋に響いた。

イスに両手を縛られて座っているのは将人だった。その前に立つのはリカルド・アングレイである。他には誰の姿もない。

リカルドは細い目で将人を見下ろしながら、将人の座ったイスの足を蹴った。

「さあ、アレの場所を教えてもらおうか」

「……アレってなんだ？」

朦朧《もうろう》とした顔でリカルドを見上げる将人。

「この期に及んでしらばっくれるとはな。おまえが盗んだブローチだよ！　おまえが持ってるのはわかってるんだ。他にいないからな」

「ブローチ？　持ってない」

力なく首を振る将人の様子に、リカルドはいらっと表情を歪《ゆが》めた。

「自分の状況がわかってないらしいな。おまえはひとりだ。仲間も捕まってる。おまえの返答次第で、ひとりずつ部下たちの慰《なぐさ》み物にしてやろう」

その言葉で頭がはっきりしたのか、将人はリカルドをにらみつけた。

「だから、持ってない。僕の体も確認したんだろ？　ないならシルヴィナが持っていったんだ」

「なんだと？」

「あいつが奪っていったんだ。信用しなけりゃよかった」

「奪われただと？」

リカルドの表情が小さく引きつったのを見て、将人はニヤッと笑った。

「きっと、あいつはおまえに復讐するつもりだろうな」

「……あんなヤツに殺られる俺じゃない」

「そうか？　おまえの部下に成り変わってるかもしれないぞ？　見破れるのか？」

「あいつは詐欺師《さぎし》のくせに俺を見くびって失敗したんだ。そんなバカに殺られるか」

「同じ失敗をまたやるほどバカじゃないと思うけどな」

「その程度の女だよ、あいつは！」

吐き捨てながらも、リカルドの顔には焦《あせ》りの色があった、

「いつ誰から襲われるかわからない恐怖に耐えられるか？」

「やかましいっ！」

リカルドは落ち着きなく動き回り、いきなり振り向いて将人の頬を殴りつけた。

「くそっ！　どこに行きやがった⁉」

拳を押さえて吐き捨てると、ドアの方に向かう。

「不安だろ？　どこから襲ってくるかもわからないんだぞ？」

「やかましい！　おい、誰か――」

小窓から声を上げようとしたリカルドはいきなり左腕を背中に回して極められた。振りほどこうとしたが、首に冷たい物を押し当てられ、動きを止める。ナイフだとすぐにわかったのだ。

「こんな風にね」

「お、おまえ⁉　いつの間に⁉」

将人はニコッと笑って答える。

「縄抜けは得意なの」

いきなり変わった声音にリカルドの動きが止まった。

「まさか、シルヴィナか⁉」

「そういうこと。あなただけは始末しておかないと気分が悪いのよ。社長さんにも迷惑かけたし」

「社長？　おまえ、あんなへたれ男に惚れたのか？」

「そんなわけないでしょ」

バカにした口調で応じたが、シルヴィナの表情は口調とは裏腹に不快そうにムッとしている。

「おまえが本当は初心《うぶ》なのはわかってるんだ。あいつに可愛がってもらえたのか？」

リカルドは喉《のど》に詰まったような下卑た笑い声を上げた。その笑いが急に止まる。シルヴィナがナイフに力を込めたのだ。

「私は借りは返す主義なの。あなたにやられた借りも、社長さんにもらった借りも、これで返しますわ」

「あいつになにをもらったんだ?」

「あなたにはわからないものよ」

シルヴィナはそう言うと、リカルドの左腕をグイッと突き上げる。痛みに呻《うめ》くリカルドをドアの方に押した。

「ドアを開けるように言ってくださる?」

「わかったよ。痛くて声が出ないだろうが」

リカルドはそう言って、ドアの外に声をかけた。

「おい、開けろ」

すぐに外の見張りが鍵を開け、ドアが開かれた。見張りは状況を見て取り、驚いた顔でゆっくりと後退った。

「武器を捨てていただけるかしら?」

シルヴィナがリカルドの喉に当てたナイフに力を込める。

「聞こえたろ。捨てろ!」

リカルドの切羽《せっぱ》詰まった声音に、見張りは剣を抜いて床に落とした。

「さあ、どうするつもりだ? 逃げられないぞ。おまえは知らないだろうが、最悪の日に来たんだぞ」

シルヴィナの力が緩んだのを感じて、リカルドは嘲笑《あざわら》う。が、シルヴィナの反応はあっさりしたものだった。

「関係ないわ。あなたさえ始末できればいいの。あとは姿を変えて逃げるだけだから」

「そう上手くいくか?」

「いくわ」

「そうかよ」

吐き捨てるように言うと、リカルドは右足を振り上げ、思い切り振り下ろした。革靴のかかとでシルヴィナの足の甲を踏み潰す勢いで。

いきなり走った激痛に、シルヴィナの力が緩んだ。

リカルドはナイフを持った腕を振りほどくと、後ろも見ずに駆け出した。同時に見張りに叫ぶ。

「そいつを止めろ!」

見張りは床に落とした剣を拾い、シルヴィナに斬りかかる。しかし、拾う動作のおかげでシルヴィナの攻撃の方が速かった。ナイフで腕を斬られ、鮮血を噴き出しながら絶叫を上げる。

しかし、リカルドが逃げるには充分な時間が出来た。シルヴィナがリカルドを振り返った時、すでに一〇メートル以上の差があいていた。

とっさにナイフをリカルドの背中に向けて投げる。

が、ナイフは角を曲がったリカルドの背中をかすっただけだった。

シルヴィナは長剣を奪い、走ろうとしたところで足の痛みに顔を歪めた。リカルドに踏まれた足の甲が赤黒く変色して腫《は》れ上がっていた。


その頃、本物の将人はベッドの上で目を覚ましていた。

「……いたたた……」

頭を押さえて起き上がる。

なにがどうなったんだっけと記憶をたどって、将人は自分の状況を思い出した。シルヴィナに殴られて気を失っていたのだ。

押さえた後頭部には見事なたんこぶが出来ていた。

「悪い頭がもっと悪くなったらどうしてくれるんだよ……」

ズキズキする頭に呻きながら文句を言う。

と、部屋を見回した目がベッド脇に立てかけられたものに止まった。

「これは……」

一目でわかるほど特徴のあるシルヴィナの杖だった。

「まさか!?」

将人は背中に回したボディバッグの中を探り、ブローチがなくなっているのを確認する。杖を持っていたのでは姿を変える時に不自然なのだろう。だから、置いていったに違いない。杖を持っていては不自然な人物に姿を変えるつもりなのだ。

将人は直感的にそれを理解した。杖をつかみ、立ち上がる。

「無茶するなよ」

つぶやいた自分がふらついてベッドに手をつく。

「とにかく、シルヴィナを捜しながら、みんなと合流しないと」

自分に言い聞かせるようにひとりごとを言いながらドアに向かう。用心してドアを開けるが、外には人の気配がなかった。

「よし、行くぞ」

将人はぐらぐら揺《ゆ》れる視界と戦いながら廊下に出た。

「で？　ここはどこだっけ？」

まだ痛みの走る頭を押さえながら、見取り図を思い出して将人は歩き出した。

4

地下牢を出たモニクたちは地上を目指して駆けていた。

牢の場所が一階ホールの階段から下りた地下だというのはわかっていた。しかし、その前に武器を取り戻す必要があった。

倒した見張りの剣をモニクとアザミノが拝借し、サンシャイン・ナイツに案内させて武器庫に向かった。

倉庫前にいたふたりの山賊を数で圧倒し、あっという間に制圧すると、全員自分の装備を取り返した。

「この勢いでリカルドをやっつけるわよ」

モニクが拳を振り上げ、全員でときの声を上げた。

その願いが通じたのか、階段を駆け上がってホールに出た時、真っ先に見つけたのはリカルドだった。

「なっ、なんでおまえらが⁉」

二階から急いで下りる階段の途中でうろたえて叫ぶリカルド。焦った表情で視線を二階に向け、下りるかどうか迷うように足を止める。

「今度は覚悟してもらうわ」

モニクが剣を抜き放って踏み出す。

そこに駆けつけてきたのは、副官格のふたりを含む残りの山賊七人。

「リカルドさん！」

状況を見て取り、全員戦闘態勢になる。

「おまえら、最高のタイミングだな。やってしまえ！　ワロキエだけは無傷で捕らえろよ‼」

叫んだリカルドは階段を下りて部下の後方に身を隠した。

「この卑怯者《ひきょうもの》〜！」

ルカが拳を振り上げて、自分は巻き添えにならないところに飛び上がった。

「ザコには用はないわっ！」

モニクは剣を抜き放って斬りかかっていく。

「ザコ呼ばわりは心外だな」

一斉に斬りかかる山賊たち。数に勝っているのと、相手が女ということでなめきっていたのだろう。それはモニクの斬撃を食らった直後の表情の変化が雄弁に語っていた。

「……うそだろ？」

腹に剣を食らって反吐を吐いた山賊は呻きを上げた。それを目の当たりにした者たちはツバを飲み込み、青い顔でつぶやいた。

「真剣にやるぞ……」

「こっちは端から真剣なんだよ」

間髪を容《い》れずアザミノが斬り込む。

黒服の山賊たちは三人がかりでもアザミノの刀捌《さば》きに対応できない。

テレージアとサンシャイン・ナイツ三人組も確実に狙いをつけて攻撃する。

ほんの数分で五人の山賊たちが地に這《は》っていた。

「さあ、残るはあなたたちだけよ」

さすがに少し息を荒くして、モニクがリカルドと副官ふたりに迫る。

「くっ……」

リカルドは後ろも見ずに駆け出した。

「残るはあいつらだけ。追い詰めるよ！」

一声叫ぶと、モニクは後を追った。

リカルドたちが向かっているのは見取り図では砦の中庭。昔は練兵場があった方だ。今は当然ながらなにもなく、封鎖されているはず。

「奥に逃げてどうするつもり？」

モニクは怪訝に思いながら、リカルドを追うしかない。

先行するリカルドは唐突に足を止め、振り向いた。ボロボロの遺跡の突き当たり。板で応急処置的にふさいだような壁を背にして、声を上げて笑い出したのだ。

「追い詰められておかしくなったのか？」

アザミノが刀を突きつけた。

「ああ、おかしいな。おまえらはもう終わりだ。おかしいだろ？」

リカルドは笑いが止まらないというように壁をドンと叩いた。

「こんなこともあろうかと、親父のコネを使って増援を呼んでおいたのさ。それが今日到着したところだ。おまえらにとっては最悪の日だったな」

「増援だって？」

「さあ、傭兵軍団よ。商売敵《しょうばいがたき》を始末しろ！」

リカルドの叫びに応じて壁がせり上がった。その向こうから現れたのは九人の完全武装した傭兵。甲冑《かっちゅう》も革ではない。鋼の胸当てに肘《ひじ》と膝《ひざ》にもガードがついている。

「リカルドさん、こんなガキどもを殺っちまっていいんですかい？」

一際ごつい体格の男がモニクたちを睥睨《へいげい》し、リカルドに尋《たず》ねる。身長は二メートルはあるだろうか。モニクとの差は身長で六〇センチ以上、体重なら三倍以上ありそうな筋肉の塊。

「かまわない」

「もったいないが、命令とあれば仕方ないな」

隊長は太い長剣を引き抜いた。モニクの長剣よりも長く、肉厚だ。これで斬られたら骨ごと粉砕されるようなものだ。

「これは……ザコが二〇人とは訳が違いそうね」

モニクが引きつった笑い声を上げ、長剣を構えた。

「まあ、毛が生えたくらいの差だけどね」

アザミノも刀を中段に構えながらニヤリと笑う。

「なんとかなります……よね」

テレージアが自分を奮い立たせるように斧を振りかぶる。

「無敵の騎士団サンシャイン・ナイツをなめないで！」

ソフィの声にアレナとセイディが無言でうなずく。

「ああ、そうだ。その金髪の女だけは無傷で捕らえろ。俺の女にするからな」

リカルドがニヤリと下卑た笑いを浮かべると、巨漢の傭兵はフンと鼻を鳴らした。

「ああいう育ってないのが趣味なのか、旦那？」

「そっ、育ってない⁉」

モニクは顔を真っ赤にして巨漢をにらみつける。

「覚悟はしたか、ちっこい嬢ちゃん？」

「そっちこそね！　最後に名前くらい聞いてあげるわ」

モニクが言い返すと、男は声を上げて笑い出した。

「そりゃありがたいな！　おまえらを処分するのは黒鋼《くろがね》の旅団。俺はその団長レンドールだ」

「ワロキエ家当主こと、モニク・ワロキエよ！　幼少から磨きつづけた剣技、見せてあげるわ!!」

「あのワロキエか？　そいつは光栄だな！　それじゃ殺るとするか!!」

轟然《ごうぜん》と野獣のような叫びを発し、傭兵たちは襲いかかった。

数の上だけでも敵九人に対して六人と不利だ。その上、力では圧倒的に劣っている。

とすれば勝機はスピード。

そうにらんだモニクは斬りかかると見せかけて背後に回り込んだ。しかし、モニクが仕掛けた時にはレンドールはすでに反応していた。

「速い!?」

モニクは驚きながら剣を振るった。レンドールはそれを片手で持った剣で受ける。

「軽いな」

ニヤリと笑い、軽々と弾き返す。

「その体を補う為の重い剣だろうが……まだまだだ！」

レンドールの長剣が横薙《よこな》ぎに襲いかかった。

モニクは長剣を立てて攻撃を受けようとする。しかし、襲いかかった衝撃は剣ごとモニクの体を跳ね飛ばしていた。

モニクの小さな体は優に五メートルは飛ばされ、壁に背中から激突し、地面にずり落ちる。剣こそ手放さなかったが、背中を強打したショックでぐったりする。

「そのちっこい体でよくやったが、ここまでだな」

悠然と歩み寄ってきたレンドールが長剣をモニクの鼻先に突きつけた。

「……小さくて……悪かったわね……」

苦しい息の下で言い返しながら、モニクは他の仲間の姿を視界の隅で見た。

アザミノは二人を相手に善戦していたが、押し返すほどの余裕はない。テレージアがひとり、サンシャイン・ナイツは三人で二人。あまった三人は副官ふたりと一緒にリカルドを守る盾になっている。余裕だ。

「あきらめたくない……」

モニクが歯を食いしばる。しかし、すでに長剣を持ち上げる力すら出てこない。

「ここは戦略的撤退するしかない、か？」

アレナが周囲に目を走らせる。

「逃がすわけないだろうが！」

リカルドが勝ち誇った声を放った。通路のすべてを残りの傭兵が固め、逃げ場はない。もう完全に詰んでいた。

将人が吹き抜けになったホールの二階通路にたどり着いたのはそんな時だった。

「社長っ⁉」

真っ先にルカが将人を見つけて声を上げる。

「マヌケが今頃現れたか。おまえには用はない。そこで部下が不様に殺されるのを見ていろ」

リカルドが二階を見上げて嘲笑する。

「社長、どうしよう？」

飛んできたルカが泣きそうな声を上げる。

「モニクが殺されちゃうよ！」

「くそっ……！」

将人は唇《くちびる》をかんで吐き捨てた。

今すぐにでも手すりを乗り越えてモニクたちの中に行きたい。しかし、戦いの邪魔になるだけなのはわかりきっている。せめて、魔法が使えればと、持ってきたシルヴィナの杖を見る。しかし、そんな知識もない。入り口に残してきたダグマルとクレアの加勢があればと思ったが、合図なんかを決めていなかった自分を呪うしかない。

「僕は社長だってのに、社員を助けることも出来ないのか⁉」

将人は爪が食い込むほど拳を握りしめ、手すりに叩きつけた。

その時だった。将人の拳がポウッと淡く光った。

「社長が覚醒《かくせい》した⁉」

ルカが興奮した声を上げる。

「覚醒？　なんなんだ、これ？」

将人は自分の手から放たれる淡い光に戸惑《とまど》いながらルカを見た。

「転移者が身につける不思議な力よ！　早く！　どうしたいか、はっきり心に思い浮かべて‼」

「どう、したいか……？」

考えるまでもなかった。モニクたち頑張ってる社員の力になりたい。でも、僕は応援することしか出来ない。だったら、僕の全身全霊を使って応援するだけだ。

将人は体の奥底からなにかが突き上げてくるのを感じた。それと共に全身に輝きが広がっていく。

「やった！　社長スキル発動～っ！」

ルカが歓声を上げた。

その瞬間、将人は全身の力が抜けるような疲労感に襲われ、ガックリと膝をついた。

「社長、大丈夫⁉」

「……あ、ああ……大丈夫。なにが起こったんだ？　社長スキルって？」

「社長が使う特別な力だから、社長スキルかなって」

「……安直だな」

将人は力なく笑い、我に返って真剣な顔でルカを見る。

「そうだ！　モニクたちは⁉」

「心配いらないよ！　ほら‼」

猛烈な疲労感と戦いながら、将人は手すりにつかまって這い上がり、ホールの戦いに目を移した。

「……力がわき上がってくる⁉」

膝をついていたモニクは急にわき上がってきた力に戸惑いながら立ち上がった。さっきまでの疲れ切って力の出ない体がウソのように軽い。それどころか、まるで筋力が増したように長剣を軽々と扱える。

「なんだ、これは？」

一方、レンドールは光り輝くモニクの体を見て半歩下がる。

アザミノもテレージアも目に力強さが戻っていた。サンシャイン・ナイツも同じことを感じているようだ。

「行けるよ！」

モニクは仲間たちに声をかける。

「しゃらくせぇ！　そんな小細工が通じるほど世界は甘くねぇんだよっ‼」

レンドールは渾身の力を込めた長剣をモニクの構えた長剣に振り下ろした。まさに剣ごと体を真っ二つに断ち切らんばかりの攻撃。

ガキンッと金属音が弾け、火花が散る。

「なにっ⁉」

レンドールが驚愕《きょうがく》の声を上げた。

モニクは真正面から受け止めていたのだ。しかも、余裕の表情で。

「じゃあ、こっちの番ね」

モニクは軽々と剣を押しのけた。その勢いにレンドールがよろめく。

がら空きになったレンドールの胴体にモニクは長剣を振るう。ドンッと重い音を発して、レンドールの鎧《よろい》に食い込んだ。衝撃で鎧は大きくへこむ。

「がはっ……」

体を二つ折りにしたレンドールが血を吐く。

「団長っ⁉」

駆け寄ろうとした傭兵の目の前に刀が突き出される。

「おっと、あんたたちの相手は私だろ？」

アザミノはさらにスピードの増した旋風《せんぷう》のような太刀捌きで傭兵たちを叩き伏せた。

「行けるよ！　これ‼」

ソフィを筆頭にサンシャイン・ナイツも見事な連携《れんけい》で、相手にしていた二人を倒していく。

「なっ、なんだ、これは⁉　大金はたいて、このザマか⁉」

リカルドは予想外のなりゆきに茫然《ぼうぜん》としていたが、慌てて身を翻した。

「逃げるぞ！　おまえらは俺を守れ‼」

出口に向かって駆け出すリカルドの前後を、副官二人と傭兵三人が固める。

「リカルドが逃げるよ、モニク！」

ルカの叫びに、モニクは弾かれたように身を翻して駆け出そうとした。が、動かない。

「行かすかっ！」

レンドールが腹に食い込んだモニクの剣をつかんでいたのだ。

「しつこい男は好きじゃないの！」

モニクは振り向きざまに左手の盾を振りかぶってレンドールの頭に叩きつけた。ゴウンと鈍い音が響き、今度こそレンドールは前のめりに倒れ伏す。

巨体の下から剣を引き抜くと、モニクは出口の方に駆け出す。その前に飛び出してきた傭兵を一撃で黙らせ、リカルドを追う。

この時点ですでに二〇メートル以上引き離されていた。長身の男とモニクとでは足の速さが違う。差はどんどん開いていく。

「あばよ！」

リカルドが余裕の声を背後に向ける。

と、その時、先頭を走る傭兵の太股《ふともも》に矢が突き立った。もんどり打って倒れる男に気を取られた残りの男たちも次々と足を射られて倒れていく。

進路に矢を構えた小柄な姿を認め、リカルドは怒声を上げる。

「弓使いごときがふざけるなっ！」

リカルドが剣を振りかざして襲いかかる。

「どけ、チビ！」

矢を使い尽くした射手は剣を抜き、リカルドの剣をあっさりと受け流すと、一捻りして手から弾き飛ばした。

「弓も悪くないけど、弓より剣の方が好きなの」

一瞬で奪われた剣が遠くの地面に突き立つのを、リカルドは茫然と目で追う。

そこにモニクが追いついてきた。

「ダグマル、助かったわ！」

モニクはそう言うと、慌てて逃げようとしたリカルドの喉元に剣を突きつけた。

「もう誰も助けてくれないわよ。こっちに来て」

モニクに剣で促《うなが》されて、リカルドはホールに連れ戻された。

ちょうど将人が階段から下りてきたところだった。社長スキルを使った後で、まだ疲れた顔をしているが、なんとか自力で立てるくらいには回復していた。

「あんたの処遇を考えないとな」

将人がリカルドに歩み寄ると、リカルドはいきなり地面に這いつくばった。

「もうなにもしない！　あんたがヘタレじゃないことも認める！」

恥も外聞もなく命乞いを始めたリカルドに、全員唖然とした。

「……これは引くね」

思わずアレナがつぶやいたほどだ。

その時、シルヴィナが一階奥の通路から姿を現した。

「社長さん、杖を返して」

「ずうずうしい！」

ひょこひょこと足を引きずりながら歩いてくるシルヴィナの前にモニクが割って入る。

その瞬間だった。

全員の注意が自分からそれたのを狙って、土下座していたリカルドが跳ね起きた。

「社長!?」

真っ先に気づいたルカの叫び。

リカルドは真っ直ぐに将人に突っ込んできた。胸の前にはどこに隠し持っていたのかナイフの刃が光る。

「死ねっ！」

リカルドが叫びと共にナイフを突き出す。

将人はとっさにシルヴィナの杖で防ごうとした。そこに赤い影が割って入る。リカルドがその影にぶつかり、その影が将人の胸にぶつかってドンッと衝撃が伝わってきた。ルカの叫びと同時に飛び出したモニクがリカルドに盾の一撃を食らわせ、将人に駆け寄った。

「社長っ！　大丈夫⁉」

「ああ……僕は大丈夫。シルヴィナが——」

将人の前に飛び込んできたのはシルヴィナだった。将人がシルヴィナの無事を確かめようとした時、将人が胸の高さまで掲げていた杖がするりと奪われた。

「え？」

反応が遅れる間にシルヴィナが奪い返した杖を振り上げた。狙いは倒れたリカルドの脳天。

しかし、杖はそれ以上動かなかった。将人がシルヴィナの腕をつかんだのだ。

「離してください。この男だけは私が始末しないと気が済みません」

「ダメだ」

将人の返答にシルヴィナは戸惑った表情で振り向いた。

「どうしてですか？」

「僕らは傭兵会社であって警察でも裁判所でもない。そんなものがあるのかわからないけど、とにかく、無抵抗な相手を殺すわけにはいかない」

将人の言葉にはシルヴィナだけでなくモニクも抗議の声を上げた。

「それじゃ、社長を狙ったこいつをこのまま逃がすっていうの!?」

「まさか。このままにしておけば、僕らはずっとアングレイ家に狙われそうだから、きちんとしゃべってもらおう。ちょうどロープもあるしね」

将人は倒れたリカルドの部下が腰に吊るしているロープを示すと、改めてシルヴィナに視線を向ける。

シルヴィナの右足の甲は腫れ上がって痛々しい。そんな状態で将人をかばう為に飛び込んできたのだ。

「シルヴィナ、なんであんな無茶したんだ？　それに、刺されてないのか？」

「自分でもわからないのです。そういえば……ちょっと胸が痛いですけれど――」

そう言って胸を押さえるシルヴィナ。その手が止まった。

「……あ」

胸につけていたブローチが大きくへこんでいた。リカルドのナイフはこれに当たっていたのだ。

「まさか、壊れたのか？」

将人の問いにシルヴィナはブローチに触れて、ほっと小さく息を吐き出した。

「……大丈夫のようです。魔力は形に宿るわけではないので」

シルヴィナは母親の形見のブローチを握りしめた。まるで、母が守ってくれたように思えたのだ。

「よかった」

ほっとした声を上げると、将人は床に転がって呻くリカルドに視線を向ける。

「ということだから、やろうか」

モニクたち全員からもニヤリと殺気に満ちた笑みを向けられ、リカルドは今度こそ真っ青になった。


それからたっぷり一時間、ロープで縛られて天井から吊るされたリカルドは今回の悪行を洗いざらいしゃべりまくった。その一部始終を将人はスマホで録画した。

「あんたが今言ったことはすべてこの魔法の板の中に記録してある。恥ずかしい姿もばっちりだ。今度やったらこの姿を街中にばらまくからな」

「なっ、なんだと⁉」

ここさえなんとか乗り越えればアングレイ家の権力でなんとかできると考えていたの

がまるわかりの慌てふためきように、さすがの将人も怒りがこみ上げてきた。スマホを突き出し、しゃべりまくるリカルドの動画を大音量で再生した。

「……っ⁉　な、なんだ、その魔法は⁉」

顔面蒼白になって叫ぶリカルドに、将人は思わず失笑してしまう。

「わかっただろ？　いくらあんたでもこれを貴族たち、いや、街中の人に見せれば……」

「わ、わかった！　もうおまえらに手出しはしない‼」

「うん、それでいいんだ」

将人はスマホの電源ボタンを押し、ポケットに突っ込んだ。

一瞬、顔を曇らせたが、その場ではなにごともなかったように社員たちに向き直る。と、慌てたようにリカルドが身をよじりながら声を上げた。

「お、おい、早くロープをほどけよ！」

「は？　それだけで済むわけないだろ？　こっちがどれだけ迷惑かけられたと思ってるんだ？　当分そうやってろ！　風邪を引くほど寒くないだろ」

将人は本気で怒鳴りつけ、背を向けて歩き出した。

砦を出たところで将人はシルヴィナを見た。クレアの治癒《ちゆ》魔法で足の腫れはすでに退いている。しかし、まだ痛みがあるのか足を地面につけないようにしていた。

「シルヴィナ、キミはどうする？」

「私は……行くべきところに行くわ」

悲しげな微笑《びしょう》を浮かべると、シルヴィナは将人に歩み寄り、後頭部に手をふれた。

「殴って、ごめんなさいね、社長さん」

「ちょっとめまいがしたね」

苦笑する将人の首に触れたシルヴィナの腕の力が不意に強くなった。自然と前のめりになる将人の頬にシルヴィナの唇が素早くふれる。

「今のは、お・わ・び・よ」

一瞬で離れたシルヴィナはそう言って人差し指で将人の唇を押さえた。

「唇にしたら誰かさんに殺されそうだから、今はこれだけ」

「な、なによ、今のは⁉」

モニクは真っ赤な顔をして将人に詰め寄る。

「ほら、さっそく」

くすりとシルヴィナが微笑む。

「な、なにって、シルヴィナが……ただの挨拶《あいさつ》だよ。な？」

将人は狼狽《ろうばい》してシルヴィナに確認する。

「さあ、どうかしら？」

含みのある微笑みを浮かべると、シルヴィナは少し足を引きずりながら去って行った。

「社長は油断しすぎだと思います」

見送る将人の隣にクレアがやってくると、真剣な顔で指摘する。

「……いや、面目ない」

将人は頭をかきながら苦笑した。そして、スマホに視線を向ける。

「やっぱり……」

吐息が漏《も》れる。

と、そこにルカがやって来て、定位置の肩の上に止まった。

「社長～！　すっごい魔法だったね～」

興奮した声を上げて、今は待ち受け画面になったスマホをのぞき込む。

「あれ？　なんか赤いのが点滅してるよ？」

「うん、いいんだ」

スマホの充電池表示が真っ赤になっていた。もう間もなく切れそうだ。

なんだか、これで元の世界との繋《つな》がりがなくなってしまうような気がするな。

将人は一抹の不安を感じた。

でも、今は社員たちがいるからなんとかなる。

そのうち他の転移者を見つけて、元の世界に戻る方法がわかる時も来るさ。その時、自分がどういう決断をするのかわからないけれど。

それにしてもと、将人は思う。

転移ってどういう理由があって起こるんだろうか。そして、転移者の存在にどんな意味があるんだろうか。同じ転移者だというルカはなにか知ってるんだろうか？

将人はスマホを興味津々で見ているルカに目をやる。

とてもそうは見えないなと、将人は思う。自分でも知らないと言っていたし。

とにかく今は帰って寝たい。それだけだ。

「さあ、会社に帰るぞ！」

将人は社員たちに向かって声を張り上げた。

エピローグ

スケルトンとドランと戦うというハードな墓場の清掃業務が終わって戻ってくると、もう昼過ぎだった。

「ちょっと遅くなったけど、お昼ご飯作りますね」

クレアが足早にカマドに駆けていった。

「私も手伝うわ」

モニクが声をかけると、クレアは礼を言って指示する。

「それじゃ、井戸から水をお願いします」

モニクは桶《おけ》を持って外に向かった。シルヴィナがいなくなったこともあり、クレアが食事については中心になっていた。

料理の準備が始まるのを聞きながら、将人《まさと》は社長室のドアを開けた。

「社長、履歴書《りれきしょ》が届いてるよ～」

中にいたルカがテーブルの上から手を振った。

「ありがとう」

将人は社長のイスに腰を下ろして履歴書を確認する。

「いい人がいるかな～」

ルカは肩に乗ってのぞき込みながら楽しそうに言う。

日常が戻ってきた。

リカルドの事件から一週間が過ぎた。

会社はなんとか危機的状況から持ち直し、こうして仕事も社員応募も入ってくるようになった。

リカルドたちのことは詳細な内容を書いた手紙と共に王国に届けた。翌日、近衛兵《このえへい》がアジトに突入し、傭兵団《ようへいだん》を含む全員が捕まったようだ。現在、牢に放り込まれている。捕まった時の悲惨な状況はすでに街の噂《うわさ》になっている。特に首領の格好が酷かったと物笑いの種になっているとか。近衛兵にも口の軽い者がいるようだ。

シルヴィナはこれまでに働いた詐欺《さぎ》の罪を償《つぐな》うために牢に入った。黙っていればバレないのに、反省の念はあるようだ。

サンシャイン・ナイツの三人はあの後会社の仕事を手伝ってくれたが、つい昨日、旅立っていった。

将人としては、力量もわかっていることだし、いずれ三人にも入社して欲しいと思っていた。社内プロジェクトという形で別働隊のような形にするのがいいかもしれない。

そして、今届いた履歴書には意外な驚きがあった。

「どうしようかな……」

将人は考えた末、立ち上がって出かけていった。


翌日、昼前に事務所に全員集まったところで、将人は切り出した。

「えーっと、仕事の前に新入社員を紹介するよ」

急な話に驚く社員たちの前で、将人は社長室から新人を呼び出した。

鮮《あざ》やかな緋色の長衣《ながぎぬ》を身にまとい、優雅《ゆうが》なお辞儀《じぎ》をした人物はこう名乗った。

「今日からお世話になります、シルヴィナ・フォーレンです。よろしく」

驚きの声を上げる皆を代表するように、モニクが血相を変えて訊く。

「社長、どういうこと⁉」

「まあ、色々あったから複雑な気がするのはわかるんだけど……」

「牢に入ってたんじゃないの⁉」

モニクが重ねて問い詰める。

「王国の方でも扱いに困っていてね。詐欺をしたのは事実だけど、リカルドに脅迫された被害者でもあるわけだし、今回の事件を解決した手柄もある。だから、身柄を引き受けるという約束で出してもらうことになったんだ。貴重な戦力なのはわかってるし、働きたいっていうのに断るのもね」

「詐欺師なのよ⁉　それにあれだけ散々な目にあわされて！」

「まあ、僕も色々やられたけど、それはリカルドのせいでやってたことだし、あいつがいなくなったから、もう問題はないだろ？　詐欺に使ってたブローチを僕が預かることで同意してるよ」

「そういうことですわ。母の形見のブローチですけれど、社長さんに持っていただけるのでしたら構いませんわ。いずれ一緒になれば関係ありませんし」

「ちょっと、今のどういう意味よ？」

モニクが眉間《みけん》に深いシワを刻んで詰問する。

「言葉そのままの意味ですわ。ご迷惑はおかけしませんし、もっと美味《おい》しいご飯を作るようにしますから、よろしくお願いしますね、皆さん」

シルヴィナはにっこりと笑ってお辞儀をする。

「えーっと、反対意見があれば考えるけど？」

将人の問いかけに、誰も声を上げない。それどころか歓迎ムード。モニクはそれを見て、つい癇癪《かんしゃく》を起こした。

「もう勝手にすればいいわ！」

「あらあら、ご機嫌斜めですわね、モニクさん」

シルヴィナが困ったように首を傾げた。

「どうしたんだ、モニク？」

怪訝《けげん》そうに訊く将人を見て、モニクはこめかみをピクピクと引きつらせた。将人がまったく自分の機嫌の悪さの原因に気づいていないことに腹が立って仕方ない。が、それを口にするわけにもいかず、シルヴィナを挑戦的ににらみつける。

「本当はどういう了見で戻ってきたわけ？」

「そうですね。社長夫人というのもいいかと思いまして」

シルヴィナは艶然《えんぜん》と笑って将人をちらっと見た。

「なっ⁉」

モニクは驚きに声を詰まらせ、慌《あわ》てて否定する。

「だ、ダメよ！」

「あら、社長夫人の座は埋まってましたかしら？」

「……う、埋まってないけど……あなたなんか論外なんだから！」

「それでは、どなたならいいのかしら？」

「そ……それは……」

言いよどむモニク。そこにアザミノが割り込んできた。

「それなら当然、私だろ？　なんせ、直接社長に口説かれたんだからさ」

「あれは違うでしょ！」

「社長ったら、真っ赤な顔で口説いてきたんだから」

アザミノは頰《ほお》を染めた。

「わざとらしい演技しないでよ」

「なんだ、バレた？」

チッと舌を打つアザミノ。

「いや、あの、僕を脇に置いて勝手に話を進めないで欲しいんだけど……」

「だったら、誰が社長夫人になるのか、社長が決めて！」

モニクの一声に将人が目を見開く。

「……え？　ええっ⁉」

「さあ！」

「どうですの？」

「ほらほら」

三人に詰め寄られ、将人は社長室に逃げ込みたくなった。しかし、ドアは閉まって逃げ場はない。

「お、おまえら、大人をからかうのはいけないぞ！」

「大人なら責任持って決めてくださいね」

シルヴィナがにっこりと微笑《ほほえ》んだ。

「こういうのはお互いの気持ちが大事だろ？」

「ええ、ですから、社長さんのお気持ちを教えてください」

「どうなのよ、社長？」

追い詰められた将人はゴクリとツバを飲み込む。こんな修羅場なんて一生縁がないと思っていたのに、どうしてこんなことになってるんだ？

他の社員の助けを求めようにも、興味津々で見ている連中ばかりだ。

「ど、どうって言われても……」

みんな好きだよと言ってごまかせそうな状況じゃない。逆に殺されそうだ。

と、その時、

「社長！　出撃の時間ですよ～‼」

まるでなにごともないように、いつもの調子でルカの声が響いた。

「そうだ！　仕事の時間だぞ、みんな！」

将人は追い立てるように社員たちを仕事の準備に向かわせた。

「助かった、ルカ」

見るからにホッとした顔をして将人はルカに礼を言う。

「いいからいいから。で、社長は誰が一番かわいいの？」

ルカがニヤニヤしながら訊く。

「そんなこと言えるか！　うちの社員は全員かわいいんだから」

胸を張ってそう答えた将人の脇を小柄な人影が駆け抜けていった。

「行ってくるわ！」

振り返って声を上げるモニクを、将人はまぶしそうに見た。

あとがき

どもー、神代《かみしろ》です。

ご無沙汰《ぶさた》してます。あ、初めての方、よろしくお願いします。ファミ通文庫さんではずっと『魔界戦記《まかいせんき》ディスガイア』シリーズのノベライズを書いていましたが、今回は新しいゲームです。


突然ですが、お気に入りのキャラはチカです！

黒封筒ふたつめでウチにやって来ました。最初の黒封筒はシオンだったので、現在ウチの社長はダイミョーとハタモトから殿と呼ばれるという征夷大将軍《せいいたいしょうぐん》な立場にいます。出世しすぎだろ。しかも、ふたりとも『殿！　殿！』と社長にべた惚《ぼ》れ。なんて羨《うらや》ましい社長なんだ。

で、チカをつついたところドキッとするようなことを言われたため、思わずバカ殿モードになって、「よいではないかよいではないか」と緩みまくった笑みを浮かべてしまいました。

しかし、回復役と遠距離攻撃役の☆4つ以上キャラが入社してくれなくて、なかなか苦戦しております。


では、気を取り直しまして――。

今回はこれまでやってきたゲームのノベライズとはちょっと勝手が違って、少し悩みました。きちんとストーリーはあるのですが、ブラウザゲームの場合はプレイヤーが使えるキャラクターがランダムに増えますし、ストーリーが徐々に明かされるようになっています。それに人によって始める時期が違います。多分、この本を手に取られた方の中にも、それをきっかけにやってみようと思ってくださる方がいらっしゃると思います（いらっしゃいますよね？　ね？）。だから、本筋を追うという本来のノベライズの書き方では問題があります。かといって、外伝のようにまったく違う話というのでも違う。というわけで、前半はストーリー序盤を追い、後半はオリジナルな展開ということになりました。

ま、簡単に言えば、社長が会社を作って最初に遭遇した大きな事件を解決するまで、という感じですね。

一番悩んだのは社員の選択でした。モニクとアザミノはデフォルトとして、他の社員ですね。バランスを考えると、斧／槌、弓、僧侶、魔法にそれぞれひとりは欲しい。とはいえ、出来たばかりの会社に一気に人材が集まるのもおかしいし、いきなりベテランが雇ってくれとくるのもヘン。お気に入りのチカを作者特権で出したいが、それこそいきなり☆4が来るわけもないということで、涙を飲んで断念しました。

結局、☆1か2で特徴がはっきりしている社員の中からということで、個人的な趣味も入りつつ、色々考えてこういう選択になりました。ウチの社員が出てないぞとおっしゃる方もいらっしゃいましょうが、ご容赦ください。

さて、この本にはそのオリジナルストーリーの重要人物であるシルヴィナが使えるシリアルコードがついてます。設定やセリフなどもこちらで考えました。声優さんがあのセリフをしゃべるんだなぁと思うと、なんだか不思議な感じもします。

実際にゲームで使ってみて、どんな感想を抱いていただけるでしょうか。願わくば、気に入ってくださって、育てていただけますように（解雇しないでくださいね！）。

とは言っても、実はまだ私もどんな感じになっているか知らないんですけどね。だから、私も楽しみにしています。

最後になりましたが、DMM.com OVERRIDEさん、編集さん、イラストのファルまろさん、御世話になりました。ファルまろさんが描かれたツイッター絵（パン持ったモニク）がとても可愛かったので、「こりゃパン屋さんのモニクを書くしかないな」と心に決めて、とあるシーンを書きました。挿絵でも描いていただいて、もうばっちりです。

では、社長たちの冒険の続きが出せること、そして、またお会いできることを祈っております。

お手に取っていただいて、ありがとうございました。

二〇一五年三月三一日

JUPITER ASCENDING／MICHAEL GIACCHINOを聴きながら——

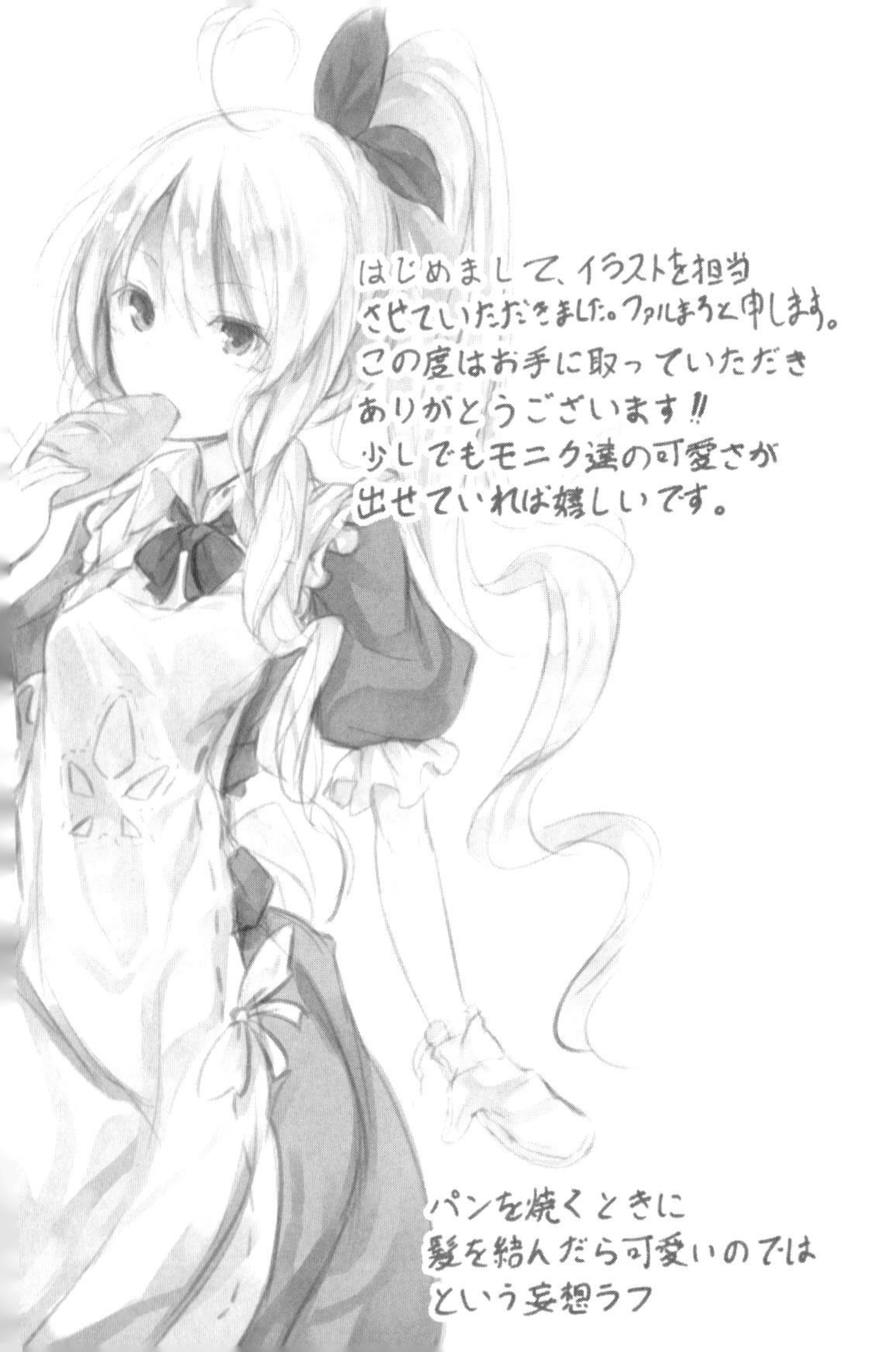
はじめまして、イラストを担当
させていただきました。ファルまろと申します。
この度はお手に取っていただき
ありがとうございます!!
少しでもモニク達の可愛さが
出せていれば嬉しいです。
パンを焼くときに
髪を結んだら可愛いのでは
という妄想ラフ

■ご意見、ご感想をお寄せください。
ファンレターの宛て先
〒104-8441　東京都中央区築地1-13-1　銀座松竹スクエア　株式会社KADOKAWA ファミ通文庫編集部
神代 創先生　　ファルまろ先生

■ファミ通文庫の最新情報はこちらで。
FBonline　http://www.enterbrain.co.jp/fb/

■本書の内容・不良交換についてのお問い合わせ。
エンターブレイン カスタマーサポート　0570-060-555
（受付時間 土日祝日を除く 12:00〜17:00）
メールアドレス：support@ml.enterbrain.co.jp　※メールの場合は、商品名をご明記ください。

FBファミ通文庫

かんぱに☆ガールズ

社長!! 出撃のお時間です！

K7
1-1
1417

2015年5月11日　初版発行

著　者　神代《かみしろ》 創《そう》
発行人　青柳昌行
発　行　株式会社KADOKAWA
〒102-8177 東京都千代田区富士見2-13-3
電話 0570-060-555（ナビダイヤル）
URL：http://www.kadokawa.co.jp/
編　集　ファミ通文庫編集部
〒104-8441　東京都中央区築地1-13-1　銀座松竹スクエア
担　当　和田寛正
協　力　エンターブレイン事業局
デザイン　ビーワークス
写植・製版　株式会社オノ・エーワン
印　刷　凸版印刷株式会社

定価はカバーに表示してあります。

ISBN978-4-04-730384-3 C0193

千年戦争アイギス
月下の花嫁II

既刊 千年戦争アイギス　月下の花嫁

著者／ひびき遊
イラスト／加藤いつわ

ヒカゲのシリアルコード付き公式小説第2弾!!

王子アーサーは許嫁のカグヤ達と共に女神アイギスの神殿へと辿りつき、魔物復活の真相を知る。彼らは自分達の力で王都を奪還すべく、新たな仲間を求めて旅立つのだった。そして、旅の道中、魔物に占領された「深緑の街」で生き残っている住民を救出すべく立ち上がるのだが――。

ファミ通文庫

部活少女バトル

著者／月本 一
イラスト／いつい

小説&ゲーム同時展開! 望月初芽のシリアルコード付き!

全国の学園選抜メンバーが部活の技を駆使して雌雄を決する大人気競技『部活バトル』。那須一《なすいち》葉《よ》が入学した夜桜東学園はバトルの弱小校な上、憧れの弓道部は選抜メンバーを輩出できず、廃部の危機を迎えていた。一葉は弓道部を救うため、バトルへと身を投じる決意をするのだが!?

ファミ通文庫

艦隊これくしょん -艦これ-
陽炎、抜錨します！5

既刊 1〜4巻好評発売中！

著者／築地俊彦
イラスト／NOCO

燃える駆逐艦魂を描く第5弾！

キス島沖の敵艦隊を排除するため、陽炎《かげろう》たち第十四駆逐隊は北方の幌筵《ぱらむしる》泊地に集結することに。幌筵で阿武隈《あぶくま》や木曾《きそ》、まるゆと交歓を深めていく第十四駆逐隊の面々は、まるゆにリンガで出会ったあきつ丸の面影を見る。しかし、そのまるゆが任務中に行方不明になってしまい――。

妖怪百姫たん！
～帝都騒乱編～

著者／櫂末高彰
イラスト／om

人気アプリゲーム『妖怪百姫たん！』小説が登場!!

松岡國彦《まつおかくにひこ》は幼馴染みを取り戻すため禁呪・反魂《はんごん》召喚《しょうかん》を使うが、現れたのは妖怪・猫又《ねこまた》！　猫又のせいで妖怪を殲滅しようとする機械の軍勢・利器土《りきつど》に狙われた國彦達は、妖怪の都『京ト』を目指すことに。しかし利器土五爵が一人、公爵《こうしゃく》が立ちふさがり、あの大妖怪まで現われて——！

ファミ通文庫

覇剣の皇姫アルティーナⅧ

著者／むらさきゆきや
イラスト／himesuz

既刊
覇剣の皇姫アルティーナⅠ～Ⅶ

レジスはただ一人、帝都へ——。

皇帝の死後、第二皇子ラトレイユの即位が確実となり、失意に暮れるアルティーナ。さらに出頭命令でレジスが彼女の下から引き離されることに！　だが、レジスは彼女を気にかけながらも、ラトレイユの皇帝としての資質を見極めるため、ただ一人帝都へ赴く決意を固める——。

ファミ通文庫

ブラス・オブ・シェルオール
新世響奏の姫騎士Ⅰ

著者／是鐘リュウジ
イラスト／桑島黎音

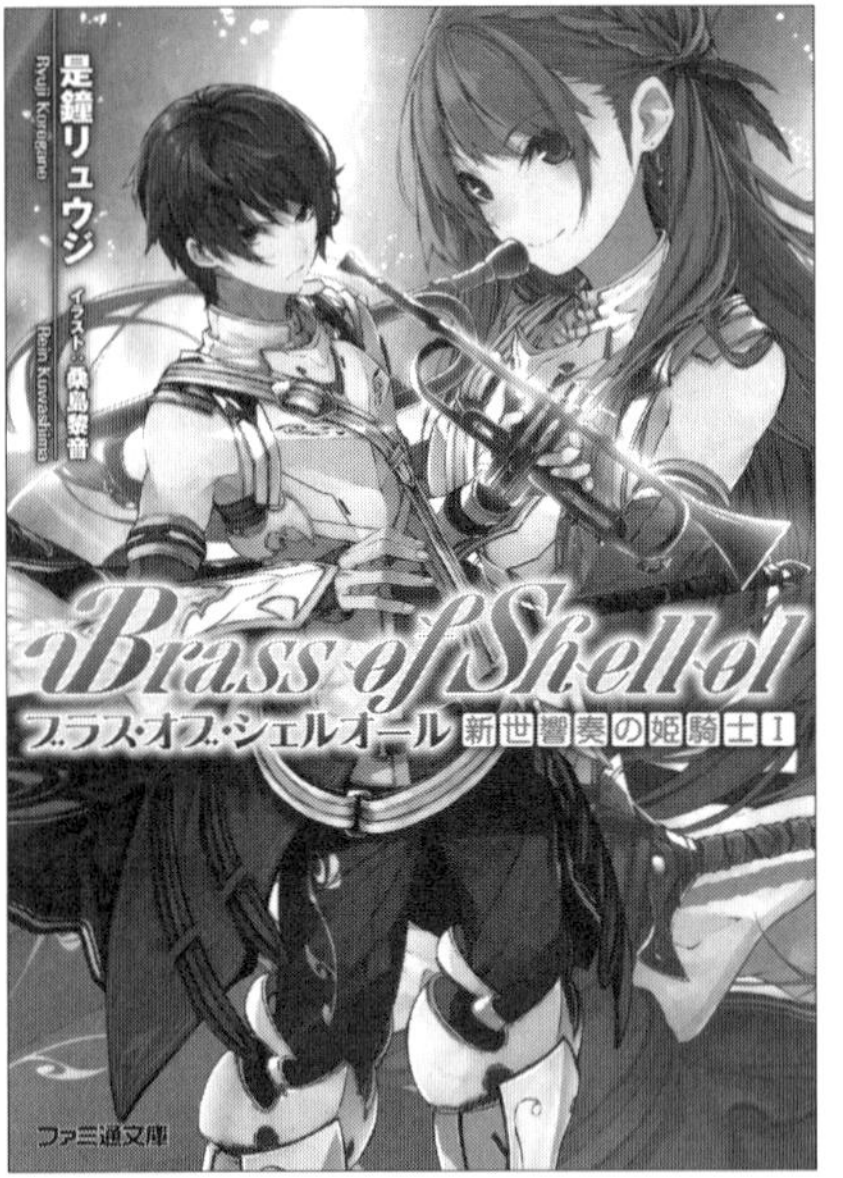

吹奏楽部員が異世界で天才音楽家!?

ハルトは謎の光に包まれ、気づけばそこは音楽の発展が止まった異世界シェルオール！　そしてハルトは、新しい音楽を追い求める少女リゼットと出会うのだが、この世界にはない楽曲を知る彼の演奏を聴いた彼女は大興奮！　彼こそ新時代の天才音楽家だと勘違いしてしまい――。

奪う者 奪われる者

著者／mino
イラスト／和武はざの

「小説家になろう」発、超人気異世界逆転譚！

目を覚ますとそこは異世界。老婆ステラに拾われたユウは、この世界で生きる決心をする。だが村人たちからは蔑まれ、さらに冒険者ハーゲにステラまで馬鹿にされる。怒りに駆られたユウが「全てを奪ってやりたい」とハーゲを睨みつけた時、自分のステータス画面に変化が!?

創世のエブリオット・シード
平和の守護者1

著者／池崎数也
イラスト／赤井てら

次代を担う者達による創世の物語!!

超常の力をもたらす『ES』に適合し、能力を得た『ES能力者』。彼らの存在は少数ながら、世界のパワーバランスの一翼を担っていた——。そんな超常者達が集まる訓練校に入校を果たした博孝《ひろたか》は、自分の力で空を飛ぶ事に思いを馳せるのだが彼一人だけが能力を発現できず——!?